出雲国風土記

沖森卓也 | 佐藤 信 | 矢嶋 泉＝編著
Okimori Takuya | Sato Makoto | Yajima Izumi

山川出版社

出雲国風土記　目次

凡例

一　本書は、出雲国風土記について、最善本の細川家本を尊重した本文を校訂して示し、さらに奈良時代語によるその訓読文を復原して提供するものである。

二　本書の構成は、訓読文編・本文編からなり、巻末に補注を付した。

三　底本は、書写年代の明らかな写本の中で最も古い細川家本（慶長二〈一五九七〉年写。財団法人永青文庫蔵・熊本大学附属図書館寄託）を用いた。ただし、秋本吉徳編『出雲国風土記諸本集』（勉誠社、一九八四年）によった。

四　訓読文について

1　底本の配行にもとづき、行頭に通し行数を付した。

2　底本の欠落を他本によって補った箇所については、（　）内に記した。

3　本文が細字の箇所については、〔　〕内に記した。

4　訓読文は、奈良時代語の復原に努め、漢字には数字をのぞきすべて読み仮名を付した。

五　本文について

1　本文は校訂したものを示し、校異注は当該行の下に記した。

2　校訂に際しては底本の様態を尊重し、恣意的な改変を極力避けるよう努めた。なお、倉野憲司氏蔵本（室町時代末の書写かとされる）にも充分な注意を払った。

3　底本の配行にもとづき、行頭に通し行数を付した。

4　底本の欠落を他本によって補った箇所については、（　）内に記して明示した。

5　校合および補注に用いた主な写本等の略称は以下の通りである。

倉　倉野憲司氏蔵本
徳　徳川家本
林　林崎文庫本
抄　出雲風土記抄
万　万葉緯
解　出雲風土記解
訂　訂正出雲風土記
大系　日本古典文学大系『風土記』
全　日本古典全書『風土記』
新全　新編日本古典文学全集『風土記』

6　字体については、次の方針による。
a　旧字についてはすべて新字に改める。
（例）爲—為　驛—駅　國—国　參—参　處—処　濱—浜　餘—余
b　俗字・異体字の類は、すべて通行の字体に改める。
（例）尓—爾　祢—禰　弥—彌　ホ—等
c　通用字は文脈によって判断し、校異は示さない。
（例）挂—桂　曰—日　戍—戊　巳—己—已

六　校異注について
1　校異は、原則として底本を校訂する場合に示した。
2　本文の当該行の下に校異注を記した。一行内に複数の字がある場合、記載順に1・2・3の数字を傍記した。
3　底本の文字を他本によって校訂した場合、当該字を示し、（　）内に写本等の略称を示した上で、「—」の下に底本の文字（および様態）を注記した。

（例）　甲（倉）―乙　　底本の「乙」を倉野憲司氏蔵本によって「甲」に校訂する。

ただし、意改・意補によって校訂した場合は（　）内の注記を省いた。

七　補注について

1　補注は、校訂および読解の上で不可欠な注に限って付した。

2　訓読文中の施注字・施注語の右肩に＊印を付し、行数とともに巻末の補注に掲出した。

［付記］　第六刷の増刷にあたり、『風土記　常陸国・出雲国・播磨国・豊後国・肥前国』（山川出版社、二〇一六年）の編集に際して加えた訂正を反映させた。

出雲国風土記

訓読文編

Ⅰ　出雲国総記

＊出雲国風土記《いづものくにのふどき》

国《くに》の大体《おほかた》は、震《ひむがし》を首《はじめ》とし、坤《にしみなみ》を尾《をはり》とす。東南《ひむがしみなみ》は宮《みや》にして、北《きた》は海《うみ》に属《つ》けり。

東《ひのたて》は一百卅七里《さと》一十九歩《あし》、南北《ひのよこ》は一百八十二里《さと》一百九十三なり。

一百歩《あし》と、

七十三里《さと》卅二歩《あし》とは、

得《え》たれども難《かた》くして誤《あやま》りあるべし。

老《おきな》、枝葉《ことのはし》を細《くは》しく認《たづ》ねて、詞源《なのもと》を裁《ことわ》り定《さだ》む。亦《また》、山野浜浦《やまのはまうら》の処《ところ》、鳥獣《とりけだもの》の棲《すみか》、魚貝《いをかひ》・海菜《め》の類《たぐひ》、良《まこと》に繁多《おほ》し。陳《の》べず。然《しか》れども、止《や》むこと獲《え》ずは、粗梗概《ほぼおほむね》を挙《あ》げて、記《ふみ》の趣《かたち》を成《な》す。＊芳雲《よくも》といふ所以《ゆゑ》は、八束水臣津野命《やつかみづおみつののみこと》、詔《の》りたまひしく、「八雲立《やくもた》つ」と詔《の》りたまひき。故《かれ》、

八雲立《やくもた》つ出雲《いづも》と云《い》ふ。

合《あは》せて、神社《かみのやしろ》は参佰玖拾玖所《みももとところあまりここのそところあまりここのところ》なり。

壱佰捌拾肆所《ももとところあまりやそところあまりよところ》は、神祇官《じんぎくわん》に在《あ》り。

弐　佰壱　拾伍所《ふたもとところあまりとところあまりいつところ》は、神祇官《じんぎくわん》に在《あ》らず。
玖《ここのつ》の郡《こほり》、郷《さと》は陸拾壱《むそちあまりひとつ》、〔里《こざと》は一百七十九。〕　余戸《あまりべ》は肆《よつ》、駅家《うまや》は陸《むつ》、神戸《かむべ》は漆《ななつ》なり。〔里《こざと》は一十。〕
意宇郡《おうのこほり》。郷《さと》は壱拾《とをち》、〔里《こざと》は卅。〕　余戸《あまりべ》は壱《ひとつ》、駅家《うまや》は参《みつ》、神戸《かむべ》は参《みつ》なり。〔里《こざと》は六。〕
島根郡《しまねのこほり》。郷《さと》は捌《やつ》、〔里《こざと》は廾五。〕　余戸《あまりべ》は壱《ひとつ》、駅家《うまや》は壱《ひとつ》なり。
秋鹿郡《あきかのこほり》。郷《さと》は肆《よつ》、〔里《こざと》は一十二。〕　神戸《かむべ》は壱《ひとつ》なり。〔里《こざと》あり。〕
楯縫郡《たてぬひのこほり》。郷《さと》は肆《よつ》、〔里《こざと》は一十二。〕　余戸《あまりべ》は壱《ひとつ》、神戸《かむべ》は壱《ひとつ》なり。〔里《こざと》あり。〕
出雲郡《いづものこほり》。郷《さと》は捌《やつ》、〔里《こざと》は廾三。〕　神戸《かむべ》は壱《ひとつ》なり。〔里《こざと》は二。〕
神門郡《かむとのこほり》。郷《さと》は捌《やつ》、〔里《こざと》は廾二。〕　余戸《あまりべ》は壱《ひとつ》、駅家《うまや》は弐《ふたつ》、神戸《かむべ》は壱《ひとつ》なり。〔里《こざと》あり。〕
飯石郡《いひしのこほり》。郷《さと》は漆《ななつ》なり。〔里《こざと》は一十九。〕
仁多郡《にたのこほり》。郷《さと》は肆《よつ》なり。〔里《こざと》は一十二。〕
大原郡《おほはらのこほり》。郷《さと》は捌《やつ》なり。〔里《こざと》は廾四。〕
右《みぎ》の件《くだり》の郷《さと》の字《まな》は、霊亀元年《りやうくゐぐわんねん》の式《しき》に依《よ》りて、「里《さと》」を改《あらた》めて「郷《さと》」と為《な》しき。其《そ》の郷《さとの》名《な》の字《まな》は、神亀三年《じんくゐさむねん》の民部省《みんぶしやう》の口宣《くせん》を被《かがふ》りて改《あらた》めき。

Ⅱ　意宇郡

（一）　意宇郡総記

意宇郡《おうのこほり》

合《あは》せて、郷《さと》は*壱拾壱《とをちあまりひとつ》、〔里《こざと》は*卅。〕余戸《あまりべ》は壱《ひとつ》、駅家《うまや》は*参《みつ》、神戸《かむべ》は参《みつ》なり。
母理郷《もりのさと》。本《もと》の字《まな》は「文理《もり》」なり。
屋代郷《やしろのさと》。今《いま》も前《さき》に依《よ》りて用《もち》ゐる。
楯縫郷《たてぬひのさと》。今《いま》も前《さき》に依《よ》りて用《もち》ゐる。
安来郷《やすきのさと》。今《いま》も前《さき》に依《よ》りて用《もち》ゐる。
山国郷《やまくにのさと》。今《いま》も前《さき》に依《よ》りて用《もち》ゐる。
飯梨郷《いひなしのさと》。本《もと》の字《まな》は「云成《いひなし》」なり。
舎人郷《とねりのさと》。今《いま》も前《さき》に依《よ》りて用《もち》ゐる。
大草郷《おほくさのさと》。今《いま》も前《さき》に依《よ》りて用《もち》ゐる。
山代郷《やましろのさと》。今《いま》も前《さき》に依《よ》りて用《もち》ゐる。
拝志郷《はやしのさと》。*今《いま》の字《まな》なり。「林《はやし》」。
宍道郷《ししぢのさと》。今《いま》も前《さき》に依《よ》りて用《もち》ゐる。以上《これよりかみ》の壱拾《とをち》は、郷別《さとごと》に里参《こざとみつ》なり。
余戸里《あまりべのさと》。
野城駅家《のぎのうまや》。
宍道駅家《ししぢのうまや》。
出雲神戸《いづものかむべ》。
賀茂神戸《かものかむべ》。
忌部神戸《いむべのかむべ》。

（二）　意宇郡郡名

意宇《おう》と号《なづ》くる所以《ゆゑ》は、国引《くにひ》き坐《ま》しし八束水臣津野命《やつかみづおみつののみこと》詔《の》りたまひしく、「八雲《やくも》立《た》つ出雲国《いづものくに》は、狭布《さぬの》の堆《つも》れる国在《くにな》るかも。初国小《はつくにちひ》さく作《つく》れり。故《かれ》、作《つく》り縫《ぬ》はむ」と詔《の》りたまひて、「栲衾志羅紀《たくぶすましらき》の三埼《みさき》を国《くに》の余《あまり》有《あ》りやと見《み》れば、国《くに》の余有《あまりあ》り」と詔《の》りたまひて、童女《わらはめ》の胸鉏《むなすきと》取らして、大《おほ》魚《いを》のきだ衝《つ》き刎《き》りて、はたすすきほふり刎《き》りて、三身《みつみ》の綱打《つなう》ち挂《か》けて、霜黒葛《しもつづら》くるやくるやに、河船《かはぶね》のもそろもそろに、国々来々《くにこくにこ》と引《ひ》き来縫《きぬ》ひたまひし国《くに》は、去豆《こづ》の折《をり》絶《たえ》よりして、八穂米支豆支《やほしねきづき》の御埼《みさき》なり。此《ここ》を以《もち》て、堅《かた》め立《た》てたまひし加志《かし》は、石見国《いはみのくに》と出雲国《いづものくに》との堺有《さかひな》る、名《な》は佐比売山《さひめやま》、是《これ》なり。亦《また》、持《も》ち引《ひ》きたまひし綱《つな》は、薗《その》の長浜《ながはま》、是《これ》なり。亦《また》、「北門《きたと》の佐伎《さき》の国《くに》を国《くに》の余有《あまりあ》りやと見《み》れば、国《くに》の余有《あまりあ》り」と詔《の》りたまひて、*童《わらは》女《め》の胸鉏《むなすきと》取らして、大魚《おほいを》のきだ衝《つ》き刎《き》りて、はたすすきほふり刎《き》りて、三身《みつみ》の綱打《つなう》ち挂《か》けて、霜黒葛《しもつづら》くるやくるやに、河船《かはぶね》のもそろもそろに、国々来々《くにこくにこ》と引《ひ》き来《き》綱《つな》ぎたまひし国《くに》は、多久《たく》の折絶《をりたえ》よりして、狭田《さだ》の国《くに》、是《これ》なり。亦《また》、「北門《きたと》の良波《えなみ》の国《くに》を国《くに》の余有《あまりあ》りやと見《み》れば、国《くに》の余有《あまりあ》り」と詔《の》りたまひ

64 て、*童意女《わらはめ》の胸鉏取《むなすきと》らして、大魚《おほいを》のきだ衝《つ》き刎《き》りて、
65 はたすすきほふり刎《き》りて、三身《みつみ》の綱《つな》打《う》ち挂《か》けて、霜《しも》
66 黒葛《つづら》くるやくるやに、河船《かはぶね》のもそろもそろに、国々来《くにこくに》
67 々《こ》と引《ひ》きし時《とき》に、引《ひ》き縫《ぬ》ひたまひし国《くに》は、宇波縫《うはぬひ》の折絶《をりたえ》よりして、闇見国《くらみのくに》、是《これ》
68 なり。亦《また》、「高志《こし》の都都《つつ》の三埼《みさき》を国《くに》の余《あまり》有《あ》りやと見《み》れば、
69 国《くに》の余《あまり》有《あ》り」と詔《の》りたまひて、*童意女《わらはめ》の胸鉏取《むなすきと》らして、大魚《おほいを》の
70 きだ衝《つ》き刎《き》りて、はたすすきほふり刎《き》りて、三身《みつみ》の綱《つな》
71 打《う》ち挂《か》けて、霜黒葛《しもつづら》くるやくるやに、河船《かはぶね》のもそろもそろも
72 そろに、国々来々《くにこくにこ》と引《ひ》き来縫《きぬ》ひたまひし国《くに》は、三穂《みほ》の埼《さき》なり。接《つ》ぎ
73 引《ひ》きたまひし綱《つな》は、夜見島《よみのしま》なり。固堅《かた》め立《た》てたまひし加志《かし》は、伯耆国《ははきのくに》有《な》る火神《ひのかみの》
74 岳《たけ》、是《これ》なり。「今《いま》は国《くに》は引《ひ》き訖《を》はりぬ」と詔《の》りたまひて、意宇社《おうのもり》に御杖《みつゑ》衝《つ》き
75 立《た》てて、「おゑ」と詔《の》りたまひき。故《かれ》、
76 意宇《おう》と云《い》ふ。〔謂《い》はゆる意宇社《おうのもり》は、郡家《ぐんけ》の東北《ひむがしきた》の辺《へ》の田《た》の中在《なかな》る*塾《つかさ》、是《これ》なり。周《めぐ》り八歩許《あしばかり》なり。其《そ》の上《うへ》
に一《ひともとのき》有《あ》りて茂《しげ》れり。〕

（三）意宇郡郷名

77 母理郷《もりのさと》。郡家《ぐんけ》の東南《ひむがしみなみ》卅九里《さと》一百九十歩《あし》なり。天下造《あめのしたつく》らしし大《おほ》
78 神大穴持命《かみおほあなもちのみこと》、越《こし》の八口《やくち》を平《たひ》らげ賜《たま》ひて還《かへ》り坐《ま》しし時《とき》に、長江山《ながえやま》に来坐《きま》し

て詔《の》りたまひしく、「我《わ》が造《つく》り坐《ま》して*命《ことよ》さす国《くに》は、皇御孫命《すめみまのみこと》平《たひら》けく世《みよ》を知《し》らせと依《よ》せ奉《まつ》る。但《ただ》し、八雲立《やくもた》つ出雲国《いづものくに》は、我《わ》が静《しづま》り坐《ま》す国《くに》と、青垣山《あをがきやま》廻《めぐ》らし賜《たま》ひて、玉《た》珍直《まただ》に賜《たま》はりて守《も》らむ」と詔《の》りたまひき。故《かれ》、文理《もり》といふ。〔神亀三年《じんくゐさむねん》、字《まな》を「母理《もり》」と改《あらた》む。〕

屋代郷《やしろのさと》。郡家《ぐんけ》の正東《まひむがし》卅九里《さと》一百卅歩《あし》なり。天乃夫比命《あめのふひのみこと》の御《み》伴《とも》、天降《あまくだ》りて社《やしろ》に来《き》ましき。伊支等《いきら》が遠神《とほつかみ》、天津子命《あまつこのみこと》詔《の》りたまひしく、「吾浄《われきよ》めて坐《いま》さむと志《おも》ふ社《やしろ》なり」と詔《の》りたまひき。故《かれ》、社《やしろ》と云《い》ふ。〔神亀三年《じんくゐさむねん》、字《まな》を「屋代《やしろ》」と改《あらた》む。〕

楯縫郷《たてぬひのさと》。郡家《ぐんけ》の東北《ひむがしきた》卅二里《さと》一百八十歩《あし》なり。布都努《ふつぬ》志命《しのみこと》の天石楯《あめのいはたて》を縫《ぬ》ひ直《なほ》し給《たま》ひき。故《かれ》、楯縫《たてぬひ》と云《い》ふ。

安来郷《やすきのさと》。郡家《ぐんけ》の東北《ひむがしきた》廿七里《さと》一百八十歩《あし》なり。神須佐乃袁《かむすさのをの》命《みこと》、天壁立《あめのかきた》て廻《めぐ》らし坐《ま》しき。爾時《そのとき》に、此処《ここ》に来坐《きま》して詔《の》りたまひしく、「吾《わ》が御心《みこころ》は安《やす》らけく平《たひ》らけく成《な》りぬ」と詔《の》りたまひき。故《かれ》、安来《やすき》と云《い》ふ。即《すなは》ち、北海《きたのうみ》に邑売埼《おほめざき》有《あ》り。飛鳥浄《あすかのきよ》御原宮 御 宇 大皇《みはらのみやにあめのしたをさめたまひしおほきみ》の御世《みよ》、甲戌年《かのえいぬのとし》の七月《ふみづきの》十《とをかあまり》三日《みか》に、語臣《かたりのおみ》猪麻呂《ゐまろ》が女子《むすめ》、件《くだり》の埼《さき》に*遥《あそ》ぶに、邂逅《たまさか》に和爾《わに》に遇《あ》ひき。賊《やぶ》らえしこと、*切《ひそか》にあらず。爾《その》時《とき》に、父猪麻呂《ちちゐまろ》、賊《やぶ》らえし女子《むすめ》を浜《はま》の上《ほとり》に斂《をさ》め置《お》き、大《いた》く苦憤《いきどほり》を発《おこ》し、天《あめ》に号《さけ》び地《つち》に踊《をど》り、行《ゆ》きては吟《さまよ》ひ居《ゐ》ては嘆《なげ》き、昼夜辛苦《ひるよるたしな》みて斂《をさ》むる所《ところ》を避《さ》ること無《な》し。作是之間《かくするほど》に、数日《ひ》を経歴《ふ》。然《しかく》して後《のち》に、慷慨《うれた》き志《こころ》を興《おこ》し、箭《や》を磨《と》ぎ鋒《ほこ》を鋭《と》くして、便《たより》の処《ところ》を撰《えら》ひて居《を》り。即《すなは》ち、訴《うるた》へを擡《あ》げて云《い》はく、「天神《あまつかみ》千五百万《ちいほよろづ》、地祇《くにつかみ》千五百万《ちいほよろづ》、幷《あは》せて当国《このくに》に静《しづ》まり坐《ま》す三百九十九の社《やしろ》と海若等《わたつみたち》と、大神《おほかみ》の和魂《にきたま》は静《しづ》まり

97 て、荒魂《あらたま》は皆悉《ことごと》く猪麻呂《ゐまろ》が乞《こ》ふ所《ところ》に依《よ》り給《たま》へ。良《まこと》に有《あ》る
98 神霊《みたま》坐《ま》さば、吾《われ》に傷《そこな》はしめ給《たま》ふべし。此《ここ》を以《もち》て、神霊《みたま》の神《くす》しきことを知《し》らむ」といふ。爾《その》
99 時《とき》に、須臾《しまら》く有《あ》りて、和爾《わに》百余《ももちあまり》、浄《きよ》く一《ひとつ》の和爾《わに》を囲繞《かく》み、徐《おもふる》に率《ゐ》て依《よ》り
100 来《き》、居《を》る下《もと》に従《したが》ふ。進《すす》まず退《しりぞ》かずして、猶《なほ》囲繞《かく》む。爾時《そのとき》に、鉾《ほこ》を挙《あ》げ
101 て中天《そら》を刃《さ》すに、一《ひとつ》の和爾《わに》殺捕《と》ること已《すで》に訖《を》はりぬ。然《しかく》して後《のち》に、百余《ももちあまり》の和爾解《わにあ》
102 散《ら》く。殺《き》り割《さ》けば、女子《むすめ》が一脛《かたはぎ》の屠《ほふ》らえたる出《い》づ。仍《よ》りて、和爾《わに》をば殺《き》り割《さ》きて
103 串《くし》に挂《か》け、路《みち》の垂《ほとり》に立《た》てき。〔安来郷《やすきのさと》の人《ひと》、語臣与《かたりのおみあたふ》が父《ちち》なり。爾時《そのとき》より以来《このかた》、今日《けふ》に至《いた》るまで六十歳《むそとせ》を経《へ》
たり。〕
104 山国郷《やまくにのさと》。郡家《ぐんけ》の東南《ひむがしみなみ》卅二里《さと》二百卅歩《あし》なり。布都努志命《ふつぬしのみこと》
105 の国廻《くにめぐ》り坐《ま》しし時《とき》に、此処《ここ》に来坐《きま》して詔《の》りたまひしく、「是《こ》の土《くに》は止《や》まず見《み》まく欲《ほ》し」と
106 詔《の》りたまひき。故《かれ》、山国《やまくに》といふ。即《すなは》ち正倉《みやけ》有《あ》り。
107 飯梨郷《いひなしのさと》。郡家《ぐんけ》の東南《ひむがしみなみ》卅二里《さと》なり。大国魂命《おほくにたまのみこと》、天降《あまくだ》り坐《ま》しし時《とき》に、
108 此処《ここ》に当《あた》りて御膳《みいひもの》食《を》し給《たま》ひき。故《かれ》、飯成《いひなし》と云ふ。〔神亀三年《じんくゐさむねん》、字《まな》を「飯梨《いひなし》」と改《あらた》む。〕
109 舎人郷《とねりのさと》。郡家《ぐんけ》の正東《まひむがし》廿六里《さと》なり。志貴島宮御宇《しきしまのみやにあめのしたをさめたまひし》
110 天皇《すめらみこと》の御世《みよ》に、倉舎人君等《くらのとねりのきみら》が祖《おや》、日置臣《ひおきのおみ》志毘《しび》、大舎人《おほとねり》に供《つかへ》
111 奉《まつ》りき。即《すなは》ち是《ここ》は、志毘《しび》が居《を》りし所《ところ》なり。故《かれ》、舎人《とねり》と云《い》ふ。即《すなは》ち正倉《みやけ》有《あ》り。
112 大草郷《おほくさのさと》。郡家《ぐんけ》の南西《みなみにし》二里《さと》一百廾歩《あし》なり。須佐乎命《すさのをのみこと》の御子《みこ》、
113 青幡佐久佐《あをはたのさくさ》*丁壮命《ひこのみこと》坐《いま》す。故《かれ》、大草《おほくさ》と云《い》ふ。

114 山代郷《やましろのさと》。郡家《ぐんけ》の西北《にしきた》三里《さと》一百廾歩《あし》なり。天下造《あめのしたつく》らしし大神《おほかみ》
115 大穴持命《おほあなもちのみこと》の御子《みこ》、山代日子命《やましろひこのみこと》坐《いま》す。故《かれ》、山代《やましろ》と云《い》ふ。即《すなは》ち
116 正倉《みやけ》有《あ》り。
117 拝志郷《はやしのさと》。郡家《ぐんけ》の正西《まにし》廾一里《さと》二百一十歩《あし》なり。天下造《あめのしたつく》らしし大《おほ》
118 神命《かみのみこと》、越《こし》の八口《やくち》を平《たひ》らげむと為《し》て幸《いでま》しし時《とき》に、此処《ここ》の樹林《はやし》茂《も》く盛《さかり》なり。爾《その》
119 時《とき》に、詔《の》りたまひしく、「吾《あ》が御心《みこころ》の波夜志《はやし》なり」と詔《の》りたまひき。故《かれ》、林《はやし》と云《い》ふ。〔神亀三年《じんくゐさむねん》、字《まな》を「拝《はや》
志《し》」と改《あらた》む。〕即《すなは》ち正《み》
120 倉《やけ》有《あ》り。
121 宍道郷《ししぢのさと》。郡家《ぐんけ》の正西《まにし》卅七里《さと》なり。天下造《あめのしたつく》らしし大神命《おほかみのみこと》
122 の追《お》ひ給《たま》ひし猪《しし》の像《かた》、南《みなみ》の山《やま》に二《ふたつ》有《あ》り。〔一《ひとつ》は長《なが》さ二丈《つゑ》七尺《さか》、高《たか》さ一丈《つゑ》、周《めぐ》り五丈《つゑ》七尺《さか》なり。一《ひとつ》は長《なが》さ二
丈《つゑ》五尺《さか》、高《たか》さ八尺《さか》、周《めぐ》り四丈《つゑ》一尺《さか》なり。〕
123 猪《しし》を追《お》ふ犬《いぬ》の像《かた》も、〔長《なが》さ一丈《つゑ》、高《たか》さ四尺《さか》、周《めぐ》り一丈《つゑ》九尺《さか》なり。〕其《そ》の形《かたち》、石《いは》と為《な》れり。猪《しし》・犬《いぬ》に異《こと》なること
無《な》し。今《いま》に至《いた》るまで猶《なほ》
124 在《あ》り。故《かれ》、宍道《ししぢ》と云《い》ふ。
125 余戸里《あまりべのさと》。郡家《ぐんけ》の正東《まひむがし》六里《さと》二百六十歩《あし》なり。〔神亀《じんくゐ》四年《ねん》の編戸《へんこ》に依《よ》りて、一《ひとつ》の里《こざと》を立《た》てき。故《かれ》、
126 余戸《あまりべ》と云《い》ふ。*也郡《あたしこほり》も亦如《またかくのごと》し。〕

（四）　意宇郡駅家

野城駅《のぎのうまや》。郡家《ぐんけ》の正東《まひむがし》廿里《さと》八十歩《あし》なり。野城大神《のぎのおほかみ》坐《い》すに依《よ》りて、故《かれ》、野城《のぎ》と云《い》ふ。

黒田駅《くろだのうまや》。郡家《ぐんけ》と同《おな》じき処《ところ》なり。郡家《ぐんけ》の西北《にしきた》二里《さと》に、黒田村《くろだのむら》有《あ》り。土《つち》の体《かた》色《ちいろ》黒《くろ》し。故《かれ》、黒田《くろだ》と云《い》ふ。旧《もと》、此処《ここ》に是《こ》の駅《うまや》有《あ》り。即《すなは》ち号《なづ》けて黒田駅《くろだのうまや》と曰《い》ひき。今《いま》、東《ひむがし》にありて*郡《こほり》に属《つ》く。今《いま》も猶《なほ》、旧《もと》の黒田《くろだ》の号《な》に追《したが》ふ。

宍道駅《ししぢのうまや》。郡家《ぐんけ》の正西《まにし》*卌里《さと》なり。〔名《な》を説《と》くこと、郷《さと》の如《ごと》し。〕

（五）　意宇郡神戸

出雲神戸《いづものかむべ》。郡家《ぐんけ》の南西《みなみにし》二里《さと》廾歩《あし》なり。伊弉奈枳乃麻奈《いざなきのまな》子《ご》に坐《ま》す熊野加武呂乃命《くまののかむろのみこと》と、五百津鉏《いほつすき》の鉏猶《すきなほ》取《と》り取《と》らして天下造《あめのしたつく》らしし大穴持命《おほあなもちのみこと》と、二所《ふたところ》の大神《おほかみ》等に依《よ》せ奉《まつ》る。故《かれ》、神戸《かむべ》と云《い》ふ。〔他郡《あたしこほり》等《ら》の神戸《かむべ》も且如《またかくのごと》し。〕

賀茂神戸《かものかむべ》。郡家《ぐんけ》の東南《ひむがしみなみ》卅四里《さと》なり。天下造《あめのしたつく》らしし大神命《おほかみのみこと》の御子《みこ》、阿遅須枳高日子命《あぢすきたかひこのみこと》、葛城《かづらき》の賀茂社《かものやしろ》に坐《いま》す。此《こ》の神《かみ》の神戸《かむべ》なり。故《かれ》、鴨《かも》と云《い》ふ。〔神亀三年《じんくゐさむねん》、字《まな》を「賀茂《かも》」と改《あらた》む。〕即《すなは》ち正倉《みやけ》有《あ》り。

忌部神戸《いむべのかむべ》。郡家《ぐんけ》の正西《まにし》廾一里《さと》二百六十歩《あし》なり。国造《くにのみやつこ》、神《かみ》の吉《よ》き調望《みつき＊み》てて、朝廷《みかど》に参向《まゐむか》ふ時《とき》に、御沐《みゆあみ》の忌玉作《いみたまつく》る。故《かれ》、忌部《いむべ》と云《い》ふ。即《すなは》ち、川《かは》の辺《へ》に湯《ゆ》出《い》づ。出湯《いでゆ》の在《あ》る所《ところ》、海陸《うみくが》を兼《か》ぬ。仍《よ》りて、男《をとこ》も女《をみな》も老《お》いたるも少《わか》きも、或《ある》は道路《みち》に駱駅《つらな》り、或《ある》は海中《わたなか》を洲《す》に沿《そ》ひ、日《ひび》に集《つど》ひて市《いち》を成《な》し、繽紛《みだれまが》ひて燕楽《うたげ》す。一《ひと》たび濯《すす》げば形容《かたち》端《きら》正《きら》しく、再《ふたた》び泳《くく》れば万《よろづ》の病《やまひ》悉《ことごと》く除《い》ゆ。古《いにしへ》より今《いま》に至《いた》るまで、験《しるし》得《え》ずといふこと無《な》し。故《かれ》、俗人《くにひと》、神湯《かみのゆ》と曰《い》ふ。

（六）　意宇郡寺院

寺《てら》。教昊寺《けうかうじ》。山国郷《やまくにのさと》の中《うち》に有《あ》り。郡家《ぐんけ》の正東《まひむがし》廾五里《さと》一百廾歩《あし》なり。五層《ごそう》の塔《たふ》を建立《た》つ。〔僧《ほふし》在《あ》り。〕教昊僧《けうかうほふし》が造《つく》る所《ところ》なり。〔散位《さんゐ》大初位下《だいそゐのげ》上腹首押猪《うは＊はらのおびとおしゐ》が祖父《おほぢ》なり。〕新造院一所《しんざうゐんひとところ》。山代郷《やましろのさと》の中《うち》にあり。郡家《ぐんけ》の西北《にしきた》四里《さと》二百歩《あし》なり。厳堂《ごむだう》を建立《た》つ。〔僧無《ほふしな》し。〕日置君目烈《ひおきのきみめづら》が造《つく》る所《ところ》なり。〔出雲神戸《いづものかむべ》の日置君鹿麻呂《ひおきのきみかまろ》が父《ちち》なり。〕造院《ざうゐん》一所《ひとところ》。山代郷《やましろのさと》の中《うち》に有《あ》り。郡家《ぐんけ》の西北《にしきた》二里《さと》なり。教堂《けうだう》を建立《た》つ。〔住《す》める僧一躯《ほふしひとり》。〕飯石郡《いひしのこほり》の少領《せうりやう》出雲臣弟山《いづものおみおとやま》が造《つく》る所《ところ》なり。新造院一所《しんざうゐんひとところ》。山国郷《やまくにのさと》の中《うち》に有《あ》り。郡家《ぐんけ》の東南《ひむがしみなみ》廾一里《さと》百廾歩《あし》なり。三層《さむそう》の塔《たふ》を建立《た》つ。山国郷《やまくにのさと》の人《ひと》、日置部根緒《ひおきべのねを》が造《つく》る所《ところ》なり。

（七）　意宇郡神社

熊野大社《くまののおほやしろ》　夜麻佐社《やまさのやしろ》　売豆貴社《めづきのやしろ》　賀豆比乃社《かづひのやしろ》

155 由貴社《ゆきのやしろ》 加豆比乃高社《かづひのたかやしろ》 都俾志呂社《つへしろのやしろ》 玉作湯社《たまつくりのゆのやしろ》
156 野城社《のぎのやしろ》 伊布夜社《いふやのやしろ》 支麻知社《きまちのやしろ》 夜麻佐社《やまさのやしろ》
157 城社《きのやしろ》 久多美社《くたみのやしろ》 佐久多社《さくたのやしろ》 多乃毛社《たのものやしろ》
158 須多社《すたのやしろ》 真名井社《まなゐのやしろ》 布弁社《ふべのやしろ》 斯保彌社《しほみのやしろ》
159 意陀支社《おだきのやしろ》 市原社《いちはらのやしろ》 久米社《くめのやしろ》 布吾彌社《ふごみのやしろ》
160 寄道社《よりぢのやしろ》 野代社《のしろのやしろ》 売布社《めふのやしろ》 狭井社《さゐのやしろ》
161 同《おな》じき狭井高社《さゐのたかやしろ》 宇流布社《うるふのやしろ》 伊布夜社《いふやのやしろ》 由《ゆ》宇社《のやしろ》
162 布自奈社《ふじなのやしろ》 同《おな》じき布自奈社《ふじなのやしろ》 野代社《のしろのやしろ》 佐久多社《さくたのやしろ》
163 意陀支社《おだきのやしろ》 前《さきの》社《やしろ》 田中社《たなかのやしろ》 詔門社《のりとのやしろ》
164 楯井社《たてゐのやしろ》 速玉社《はやたまのやしろ》 石坂社《いはさかのやしろ》 佐久佐社《さくさのやしろ》
165 多加比社《たかひのやしろ》 山代社《やましろのやしろ》 調屋社《つきやのやしろ》 同社《おなじきやしろ》〔以上《これよりかみ》の卌八所《ところ》は、並《なら》びに
166 神祇官《じんぎくわん》に在《あ》り。〕 宇由比社《うゆひのやしろ》 支布佐社《きふさのやしろ》 毛禰乃上社《もねのかみつやしろ》
167 那富乃夜社《なほのやのやしろ》 支布佐社《きふさのやしろ》 国原社《くにはらのやしろ》 田村社《たむらのやしろ》
168 市穂社《いちほのやしろ》 同《おな》じき市穂社《いちほのやしろ》 伊布夜社《いふやのやしろ》 阿太加夜社《あだかやのやしろ》
169 須多下社《すたのしもつやしろ》 河原社《かはらのやしろ》 布《ふ》宇社《のやしろ》 末那為社《まなゐのやしろ》
170 加和羅社《かわらのやしろ》 笠柄社《かさえのやしろ》 志多備社《したびのやしろ》 食師社《みけしのやしろ》〔以上《これよりかみ》の一十九所《ところ》は、並《なら》びに神祇官《じんぎくわん》に在《あ》ら
ず。〕

（八）意宇郡山野

171 長江山《ながえやま》。郡家《ぐんけ》の東南《ひむがしみなみ》五十里《さと》なり。〔水精《みづとるたま》有《あ》り。〕
172 暑垣山《あつがきやま》。郡家《ぐんけ》の正東《まひむがし》＊八十歩《あし》なり。〔烽《とぶひ》有《あ》り。〕
173 高野山《たかのやま》。郡家《ぐんけ》の正東《まひむがし》一十九里《さと》なり。
174 熊野山《くまのやま》。郡家《ぐんけ》の正南《まみなみ》一十八里《さと》なり。〔檜《ひのき》・檀《まゆみ》有《あ》り。謂《い》はゆる熊野大神《くまののおほかみ》の社《やしろ》坐《ま》す。〕
175 久多美山《くたみやま》。郡家《ぐんけ》の西南《にしみなみ》廾三里《さと》なり。〔柤《＊まゆみ》有《あ》り。〕
176 玉作山《たまつくりやま》。郡家《ぐんけ》の西南《にしみなみ》卅二里《さと》なり。〔柤《＊まゆみ》有《あ》り。〕
177 神名樋野《かむなびの》。郡家《ぐんけ》の西北《にしきた》一百廾九歩《あし》なり。高《たか》さ八十丈《つゑ》、周《めぐ》り六里《さと》
178 卅二歩《あし》なり。〔東《ひむがし》に松《まつ》有《あ》り。三《みつ》の方《かた》に、並《なら》びに茅《ち》有《あ》り〕。
179 凡《おほよ》そ諸《もろもろ》の山野《やまの》に在《あ》る草木《くさき》は、麦門冬《やますげ》・独活《つちたら》・石斛《いはくすり》・前胡《のぜり》・高梁《かはね》
180 薑《ぐさ》・連翹《いたちぐさ》・黄精《おほゑみ》・百部根《ほとづら》・貫衆《おにわらび》・白朮《をけら》・薯預《＊やまついも》・苦参《くらら》・細《みらの》
181 辛《ねぐさ》・商陸《いをすき》・高本《ささはそらし》・玄参《おしくさ》・五味子《さねかづら》・黄芩《ひひらぎ》・葛根《くずのね》・牡丹《ふかみぐさ》・藍漆《やまあさ》・
182 薇《わらび》、藤《ふぢ》・李《すもも》・檜《ひのき》〔字《まな》、或《ある》は「梧」に作《つく》る。〕・杉《すぎ》〔字《まな》、或《ある》は「榀」に作《つく》る。〕・赤桐《あかぎり》・白桐《あをぎり》・楠《くす》・椎《しひ》・海榴《つばき》
〔字《まな》、或《ある》は「椿」に作《つく》る。〕・楊《やま》
183 梅《もも》・松《まつ》・栢《かへ》〔字《まな》、或《ある》は「榧」に作《つく》る。〕・蘗《きはだ》・槻《つき》なり。禽獣《とりけだもの》は、雕《わし》・晨風《はやぶさ》〔字《まな》、或《ある》は「隼」に作《つく》る。〕・山《やま》
鶏《どり》・
184 鳩《はと》・鶉《うづら》・鶬《ひばり》〔字《まな》、或《ある》は「離黄」に作《つく》る。〕・鵄《つ》鴞《く》〔横《よこ》をば「致」に作《つく》る。功《いさを》しき鳥《とり》なり。〕、熊《くま》・狼《おほかみ》・猪《ゐ》・

185 鹿《しか》・兎《うさぎ》・狐《きつね》・飛鼯《むささび》
〔字《まな》、或《ある》は「獼」に作《つく》り、「蝸」に作《つく》る。〕・獼猴《さる》の族《うがら》なり。至《いた》りて繁《おほ》くして、全《また》くは題《しる》すべからず。

（九）意宇郡河川

186 伯大川《はかたがは》。源《みなもと》は仁多《にた》と意宇《おう》との二《ふたつ》の郡《こほり》の堺《さかひ》なる葛野山《くずのやま》より出《い》で、流《なが》れて母《も》
187 理《り》・楯縫《たてぬひ》・安来《やすき》の三《みつ》の郷《さと》を経《へ》て、入海《いりうみ》に入《い》る。〔年魚《あゆ》・伊久比《いぐひ》有《あ》り。〕山国川《やまくにがは》。源《みなもと》は郡《ぐん》
188 家《け》の東《ひむがし》南《みなみ》卅八里《さと》なる枯見山《かれみやま》より出《い》で、北《きた》に流《なが》れて伯太川《はかたがは》に入《い》る。
189 飯梨河《いひなしがは》。源《みなもと》は三《みつ》あり。〔一《ひとつ》の水源《みなもと》は仁多《にた》・大原《おほはら》・意宇《おう》の三《みつ》の郡《こほり》の堺《さかひ》なる田原《たはら》より出《い》づ。一《ひとつ》の水源《みなもと》は枯見《かれみ》
より出《い》づ。一《ひとつ》の水源《みなもと》は仁多郡《にたのこほり》の玉嶺山《たまみねやま》より出《い》づ。〕三《みつ》の水《かは》
190 合《あ》ひて、北《きた》に流《なが》れて入海《いりうみ》に入《い》る。〔年魚《あゆ》・伊具比《いぐひ》有《あ》り。〕筑湯川《つきゆがは》。源《みなもと》は郡家《ぐんけ》の正《ま》東《ひむがし》一
191 十里《さと》一百歩《あし》なる荻山《をぎやま》より出《い》で、山《やま》の北《きた》に流《なが》れて入海《いりうみ》に入《い》る。〔年魚《あゆ》有《あ》り。〕
192 意宇河《おうがは》。源《みなもと》は郡家《ぐんけ》の正南《まみなみ》一十八里《さと》なる熊野山《くまのやま》より出《い》で、北《きた》に流《なが》れて
193 入海《いりうみ》に入《い》る。〔年魚《あゆ》・伊具比《いぐひ》有《あ》り。〕野代川《のしろがは》。源《みなもと》は郡家《ぐんけ》の西南《にしみなみ》一十八里《さと》なる須我山《すがやま》より出《い》で、
194 北《きた》に流《なが》れ入《い》る。玉作川《たまつくりがは》。源《みなもと》は郡家《ぐんけ》の正西《まにし》一十九里《さと》なる志山《こころやま》より出《い》で、北《きた》に流《なが》れて
195 入海《いりうみ》に入《い》る。〔年魚《あゆ》有《あ》り。〕来待川《きまちがは》。源《みなもと》は郡家《ぐんけ》の正西《まにし》廾八里《さと》なる和奈《わな》
196 佐山《さやま》より出《い》で、西《にし》に流《なが》れて山田村《やまだのむら》に至《いた》り、更《さら》に折《を》れて北《きた》に流《なが》れ入海《いりうみ》に入《い》る。〔年魚《あゆ》有《あ》り。〕宍道川《ししぢがは》。
197 源《みなもと》は郡家《ぐんけ》の正西《まにし》卅八里《さと》なる幡屋山《はたややま》より出《い》で、北《きた》に海《うみ》へ流《なが》れて海《うみ》に入《い》る。〔魚無《いをな》し。〕

（十）意宇郡池・浜・島

198 津間抜池《つまぬきのいけ》。周《めぐ》り二里《さと》卅歩《あし》なり。〔鳥《とり》・鴨《かも》・䱇蓼有《せりあ》り。〕真名猪池《まなゐのいけ》。周《めぐ》り一里《さと》なり。北《きた》は
199 入海《いりうみ》なり。門江浜《かどえのはま》。〔伯耆《ははき》と出雲《いづも》との二《ふたつ》の国《くに》の堺《さかひ》なり。東《ひむがし》より西《にし》に行《ゆ》く。〕粟島《あはしま》。〔椎《しひ》・松《まつ》・多年木《あはぎ》・
宇竹《おほたけ》・真前等《まさきら》の葛有《かづらあ》り。〕砥神《とかみ》
200 島《しま》。周《めぐ》り三里《さと》一百八十歩《あし》、高《たか》さ六十丈《つゑ》なり。〔椎《しひ》・松《まつ》・莘《みらのねぐさ》・薺頭蒿《うはぎ》・都波《つは》・師太《しだら》等の草木有《くさきあ》り。〕加《か》
201 茂島《もしま》。〔既《すで》に礒《いそ》なり。〕子島《こしま》。〔既《すで》に礒《いそ》なり。〕羽島《はしま》。〔椿《つばき》・比佐木《ひさぎ》・多年木《あはぎ》・蕨《わらび》・薺頭《うはぎ》・葛有《*くずあ》り。〕塩楯島《しほすきじま》。〔蓼《に》
202 螺子《し》・永蓼有《ながたであ》り。〕野代《のしろ》の海中《わたなか》に、蚊島《かしま》あり。周《めぐ》り六十歩《あし》なり。中央《もなか》は涅土《くろつち》にして、四方《よも》は並《なら》びに礒《いそ》なり。〔中《も》
央《なか》に
203 毛《け》ある棵《こつみ》の許《もと》に、木一株《きひともと》・茸有《たけあ》りと曰《い》ふ。礒《いそ》に螺子《にし》・海松有《みるあ》り。〕茲《ここ》より以西《にし》の浜《はま》は、或《ある》は峻*堀《さが》しく、或《ある》は
平土《たひらか》にして、並《なら》びに是《これ》
204 通道《かよひぢ》の経《ふ》る所《ところ》なり。

（十一）意宇郡通道

204 道《みち》。国《くに》の東《ひむがし》の堺《さかひ》なる手間剗《てまのせき》に通《ゆ》くこと、卅一里《さと》
205 一百八十歩《あし》なり。大原郡《おほはらのこほり》との堺《さかひ》なる林垣峰《はやしがきのみね》に通《ゆ》くこと、卅二里《さと》二百歩《あし》なり。
206 出雲郡《いづものこほり》との堺《さかひ》なる佐雑埼《さざふのさき》に通《ゆ》くこと、卅二里《さと》卅歩《あし》なり。島根郡《しまねのこほり》との堺《さかひ》なる
207 朝酌渡《あさくみのわたり》に通《ゆ》くこと、四里《さと》二百六十歩《あし》なり。

208 前《さき》の件《くだり》の一郡《こほり》は、入海《いりうみ》の南《みなみ》にして、北《きた》には国《くに》の廓《かき》あり。

（十二）　意宇郡郡司

209 *郡司主帳《ぐんししゆちやう》〔无位《むゐ》海臣《あまのおみ》。无位《むゐ》出雲臣《いづものおみ》。〕

210 少領《せうりやう》従七位上勲十二等《じゆしちゐのじやうくんじふにとう》出雲《いづも》

211 主政《しゆしやう》外少初位上勲十二等《ぐゑせうそゐのじやうくんじふにとう》林臣《はやしのおみ》

212 擬主政《ぎしゆしやう》无位《むゐ》出雲臣《いづものおみ》

Ⅲ　島根郡

（一）　島根郡総記

213 島根郡《しまねのこほり》

214 合《あは》せて、郷《さと》は捌《やつ》、〔里《こざと》は廾。〕余戸《あまりべ》は壱《ひとつ》、駅家《うまや》は壱《ひとつ》なり。

215 山口郷《やまくちのさと》。今《いま》も前《さき》に依《よ》りて用《もち》ゐる。

216 朝酌郷《あさくみのさと》。今《いま》も前《さき》に依《よ》りて用《もち》ゐる。

217 手染郷《たしみのさと》。今《いま》も前《さき》に依《よ》りて用《もち》ゐる。

218 美保郷《みほのさと》。今《いま》も前《さき》に依《よ》りて用《もち》ゐる。

219 方結郷《かたゆひのさと》。今《いま》も前《さき》に依《よ》りて用《もち》ゐる。

加賀郷《かかのさと》。本《もと》の字《まな》は「加々《かか》」なり。

生馬郷《いくまのさと》。今《いま》も前《さき》に依《よ》りて用《もち》ゐる。

法吉郷《ほほきのさと》。今《いま》も前《さき》に依《よ》りて用《もち》ゐる。以上《これよりかみ》の捌《やつ》は郷別《さとごと》に里《こざと》参《みつ》なり。

余戸里《あまりべのさと》。

千酌駅家《ちくみのうまや》。

（二）島根郡郡郷名・駅家

島根郡《しまねのこほり》と号《なづ》くる所以《ゆゑ》は、国引《くにひ》き坐《ま》しし八束水臣津野命《やつかみづおみつののみこと》の謚《なづ》けたまひて負《おほ》せ給《たま》ひし名《な》なり。故《かれ》、島根《しまね》といふ。

朝酌郷《あさくみのさと》。郡家《ぐんけ》の正南《まみなみ》一十里《さと》六十四歩《あし》なり。熊野大神命《くまののおほかみのみこと》詔《の》りたまひて、「朝御饌《あさみけ》の勘養《かむかひ》、夕御饌《ゆふみけ》の勘養《かむかひ》なる、吾《あ》が贄緒《にへのを》の処《ところ》」と定《さだ》め給《たま》ひき。故《かれ》、朝酌《あさくみ》と云《い》ふ。

山口郷《やまくちのさと》。郡家《ぐんけ》の正南《まみなみ》四里《さと》二百九十八歩《あし》なり。須佐能袁《すさのをの》命《みこと》の御子《みこ》、都留支日子命《つるぎひこのみこと》詔《の》りたまひしく、「吾《あ》が敷《し》き坐《いま》す山《やま》の口《くち》の処《ところ》在《な》り」と詔《の》りたまひて、故《かれ》、山口《やまくち》と負《おほ》せ給《たま》ひき。

手染郷《たしみのさと》。郡家《ぐんけ》の正東《まひむがし》一十里《さと》二百六十四歩《あし》なり。天《あめの》下造《したつく》らしし大神命《おほかみのみこと》詔《の》りたまひしく、「此《こ》の国《くに》は*丁寧《たし》に造《つく》れる国在《くにな》り」と詔《の》りたまひて、故《かれ》、丁寧《たし》と負《おほ》せ給《たま》ひき。而《しか》るに、今《いま》の人《ひと》、猶《なほ》手染郷《たしみのさと》と謂《よ》ぶ。即《すなは》ち正倉《みやけ》あり。

美保郷《みほのさと》。郡家《ぐんけ》の正東《まひむがし》廿七里《さと》一百六十四歩《あし》なり。天下造《あめのしたつく》らしし大《おほ》神命《かみのみこと》、高志国《こしのくに》に坐《いま》す神《かみ》、意支都久良為命《おきつくらゐのみこと》の子《こ》、俾都《へつ》久良為命《くらゐのみこと》の子《こ》、奴奈宜波比売命《ぬながはひめのみこと》に娶《あ》ひて、産《う》ましめたまひし神《かみ》、御穂須々美命《みほすすみのみこと》、是《こ》の神坐《かみいま》す。故《かれ》、美保《みほ》といふ。

方結郷《かたゆひのさと》。郡家《ぐんけ》の正東《まひむがし》廿里《さと》八十歩《あし》なり。須佐袁命《すさのをのみこと》の御子《みこ》、国忍《くにおし》別命《わけのみこと》詔《の》りたまひしく、「吾《あ》が敷《し》き坐《いま》す地《くに》は、*国形《くにかた》宜《よ》し」とのりたまひき。故《かれ》、方結《かたゆひ》と云《い》ふ。

加賀郷《かかのさと》。*郡家《ぐんけ》の（北西《きたにし》二十四里《さと》一百六十歩《あし》なり。佐太大神《さだのおほかみ》の生《あ》れましし所《ところ》なり。御祖神魂命《みおやかむむすひのみこと》の御子《みこ》、支佐加地比売命《きさかちひめのみこと》、「闇《くら》き岩屋《いはや》かも」と詔《の》りたまひて、金弓《かなゆみ》を以《もち》て射給《いたま》ひし時《とき》に、光加加明《ひかりかかや》きき。故《かれ》、加加《かか》と云《い》ふ。

生馬郷《いくまのさと》。郡家《ぐんけ》の）西北《にしきた》一十六里《さと》二百九歩《あし》なり。神魂命《かむむすひのみこと》の御子《みこ》、八《や》尋鉾長依日子命《ひろほこながよりひこのみこと》詔《の》りたまひしく、「吾《わ》が御子《みこ》、平《たひらけ》く明《あきらけ》くして憤《いく》まず」と詔《の》りたまひき。故《かれ》、生《いく》馬《ま》と云《い》ふ。

法吉郷《ほほきのさと》。郡家《ぐんけ》の正西《まにし》二百卅歩《あし》なり。神魂命《かむむすひのみこと》の御子《みこ》、宇武《うむ》賀比売命《かひめのみこと》、法吉鳥《ほほきどり》と化《な》りて飛《と》び度《わた》り、此処《ここ》に静《しづま》り坐《ま》しき。故《かれ》、法吉《ほほき》と云《い》ふ。

余戸里《あまりべのさと》。〔名《な》を説《と》くこと、意宇郡《おうのこほり》の如《ごと》し。〕

千酌駅《ちくみのうまや》。郡家《ぐんけ》の東北《ひむがしきた》一十九里《さと》一百八十歩《あし》なり。伊差奈枳《いざなき》命《みこと》の御子《みこ》、都久豆美命《つくづみのみこと》、此処《ここ》に生《あ》れましき。然《しか》れば都久豆美《つくづみ》と謂《い》ふ可《べ》きを、今《いま》の人猶《ひとなほ》千酌《ちくみ》と郷《さと》を号《なづ》く。

（三）島根郡神社

250 （布自伎彌社《ふじきみのやしろ》　多気社《たけのやしろ》　久良彌社《くらみのやしろ》　波夜都武志社《はやつむじのやしろ》
同《おな》じき波夜都武志社《はやつむじのやしろ》　川上社《かはかみのやしろ》　長見社《ながみのやしろ》　門江社《かどえのやしろ》
横田社《よこたのやしろ》　加賀社《かかのやしろ》　爾佐加志能為社《にさかしのゐのやしろ》　法吉社《ほほきのやしろ》
生馬社《いくまのやしろ》　美保社《みほのやしろ》〔以上《これよりかみ》の一十四所《ところ》は、並《なら》びに神祇官《じんぎくわん》に在《あ》り。〕）
251 大埼社《おほさきのやしろ》　太埼川辺社《おほさきのかはへのやしろ》（*朝酌上社《あさくみのかみつやしろ》）　朝酌下社《あさくみのしもつやしろ》　努那彌社《のなみのやしろ》
252 椋見社《くらみのやしろ》　（大井社《おほゐのやしろ》　阿羅波比社《あらはひのやしろ》　三保社《みほのやしろ》
多久社《たくのやしろ》　蜛蝫社《たこのやしろ》　同《おな》じき蜛蝫社《たこのやしろ》　質簡比社《しつかひのやしろ》
方結社《かたゆひのやしろ》　玉結社《たまゆひのやしろ》　川原社《かはらのやしろ》　虫野社《むしののやしろ》
持田社《もちたのやしろ》　加佐奈子社《かさなしのやしろ》　比加夜社《ひかやのやしろ》　須義社《すげのやしろ》
伊奈須美社《いなすみのやしろ》　伊奈阿気社《いなあげのやしろ》　御津社《みつのやしろ》　比津社《ひつのやしろ》
玖夜社《くやのやしろ》　同《おな》じき玖夜社《くやのやしろ》　田原社《たはらのやしろ》　生馬社《いくまのやしろ》
布夜保社《ふやほのやしろ》　加茂志社《かもしのやしろ》　一夜社《ひとよのやしろ》　小井社《をゐのやしろ》
加都麻社《かつまのやしろ》　須衛都久社《すゑつくのやしろ》）〔以上《これよりかみ》の卌五所《ところ》は、並《なら》びに神祇官《じんぎくわん》に在《あ》らず。〕

（四）島根郡山

253 布自枳美高山《ふじきみのたかやま》。郡家《ぐんけ》の正南《まみなみ》七里《さと》二百一十歩《あし》なり。高《たか》さ*丈《つゑ》、周《めぐ》り二十里《さと》なり。〔烽《とぶひ》有《あ》り。〕女岳山《めだけやま》。郡家《ぐんけ》の正《ま》南《みなみ》二百卅歩《あし》なり。蝨野《むしの》。郡家《ぐんけ》の西《にし》南《みなみ》三里《さと》一百歩《あし》なり。〔樹木《き》无《な》し。〕毛志山《もしやま》。郡家《ぐんけ》の正北《まきた》一里《さと》なり。大倉山《おほくらやま》。郡家《ぐんけ》の東北《ひむがしきた》九里《さと》一百*八歩《あし》なり。*糸江山《いとえやま》。郡家《ぐんけ》の東北《ひむがしきた》廾六里《さと》卅歩《あし》なり。小倉山《をぐらやま》。郡家《ぐんけ》の正《ま》東《ひむがし》廾四里《さと》一百六十歩《あし》なり。凡《おほよ》そ諸《もろもろ》の山《やま》に在《あ》る草木《くさき》には、白朮《をけら》・麦門冬《やますげ》・藍漆《やまあさ》・五味子《さねかづら》・苦参《くらら》・独《つち》活《たら》・葛根《くずのね》・*署預《やまついも》・卑解《ところ》・狼牙《こまつなぎ》・杜仲《はひまゆみ》・芍薬《えびすぐすり》・前胡《のぜり》・百部根《ほとづら》・石斛《いはくすり》・高本《ささはそらし》、藤《ふぢ》・李《すもも》・赤桐《あかぎり》・白桐《あをぎり》・海石榴《つばき》・楠《くすのき》・楊《やなぎ》・松《まつ》・栢《かへ》あり。禽獣《とりけだもの》には、鷲《わし》〔字《まな》、或《ある》は「鵰」に作《つく》る。〕・隼《はやぶさ》・山鶏《やまどり》・鳩《はと》・雉《きぎし》、猪《ゐ》・鹿《しか》・猿《さる》・飛鼯《むささび》有《あ》り。

（五）島根郡河川・坡・池

水草河《みくさがは》。源《みなもと》は二《ふたつ》あり。〔一《ひとつ》の水源《みなもと》は郡家《ぐんけ》の東《ひむがし》三里《さと》一百八十歩《あし》なる毛志山《もしやま》より出《い》づ。一《ひとつ》の水源《みなもと》は郡家《ぐんけ》の西北《にしきた》六里《さと》一百六十歩《あし》なる同《おな》じき毛志山《もしやま》より出《い》づ。〕二《ふたつ》の水合《かはあ》ひて南《みなみ》に海《うみ》へ流《なが》れ、入海《いりうみ》に入《い》る。〔鮒《ふな》有《あ》り。〕長見川《ながみがは》。源《みなもと》は郡家《ぐんけ》の東北《ひむがしきた》九里《さと》一百八十歩《あし》なる大倉山《おほくらやま》より出《い》で、東《ひむがし》に流《なが》る。丈鳥川《たけとりがは》。源《みなもと》は郡家《ぐんけ》の東北《ひむがしきた》一十二里《さと》一百一十歩《あし》なる墓野山《はかのやま》より出《い》で、南《みなみ》に流《なが》る。二《ふたつ》の水合《かはあ》ひて東《ひむがし》に流《なが》れ、入《いり》海《うみ》に入《い》る。野浪川《のなみがは》。源《みなもと》は郡家《ぐんけ》の東北《ひむがしきた》廾六里《さと》卅歩《あし》なる糸江山《いとえやま》より出《い》で、西《にし》に流《なが》れて大海《おほうみ》に入《い》る。加賀川《かかがは》。源《みなもと》は郡家《ぐんけ》の正北《まきた》廾四里《さと》一百六十

268 歩《あし》なる小倉山《をぐらやま》より出《い》で、西《にし》に流《なが》れて秋鹿郡《あきかのこほり》の佐太水海《さだのみづうみ》に入《い》る。〔以上《これよりかみ》の六《むつ》の川《かは》は、並《なら》びに少々《ちひ》さし。魚《いを》无《な》き
河《かは》なり。〕法吉《ほほきの》
269 坡《つつみ》。周《めぐ》り五里《さと》、深《ふか》さ七尺許《さかばかり》なり。鴛鴦《をし》・鳬《たかべ》・鴨《かも》・鮒《ふな》・須我毛《すがも》有《あ》り。〔夏《なつ》の
270 節《とき》に当《あた》りて尤《はなは》だ美《うま》き菜《な》在《あ》り。〕前原坡《さきはらのつつみ》。周《めぐ》り二百八十歩《あし》なり。鴛鴦《をし》・鳬《たかべ》・鴨等《かもら》の類《たぐひ》有《あ》り。
271 張田池《はりたのいけ》。周《めぐ》り一里《さと》卅歩《あし》なり。匏池《ひさごいけ》。周《めぐ》り一里《さと》一百一十歩《あし》なり。〔蒋《まこも》生《お》ふ。〕美能《みの》
272 夜池《やのいけ》。周《めぐ》り一里《さと》なり。口池《くちいけ》。周《めぐ》り一百八十歩《あし》なり。〔蒋《まこも》・鴛鴦《をし》有《あ》り。〕
273 敷田池《しきたのいけ》。周《めぐ》り一里《さと》なり。〔鴛鴦《をし》有《あ》り。〕

（六）　島根郡入海

273 南《みなみ》は入海《いりうみ》なり。〔西《にし》より東《ひむがし》に行《ゆ》く。〕朝酌促戸《あさくみのせと》。東《ひむがし》に通《かよひ》
274 道《ぢ》あり、西《にし》に平原《はら》在《あ》り、中央《もなか》に渡《わたり》あり。則《すなは》ち、筌《うへ》を東西《ひむがしにし》に亘《わた》し、春秋《はるあき》に入《い》れ出《い》だす。大《おほ》き小《ちひ》さき
275 雑魚《くさぐさのうを》、臨時《とき》に来湊《きあつま》りて、筌《うへ》の辺《ほとり》に駈《はし》り駭《をど》り、風圧《かぜお》し水衝《みづつ》く。或《ある》は
276 筌《うへ》を破壊《やぶ》り、或《ある》は*日魚《ひいを》と製《な》りて、鳥《とり》に捕《と》らる。大《おほ》き小《ちひ》さき雑魚《くさぐさのうを》・浜藻《はまも》、家《いへ》に闐《み》ち、市《いち》
277 人《びと》四《よも》より集《つど》ひて、自然《おのづから》に鄽《いちくら》を成《な》せり。〔茲《ここ》より東《ひむがし》に入《い》りて、大井浜《おほゐのはま》に至《いた》る間《あひだ》の南《みなみ》と北《きた》との二《ふたつ》の浜《はま》には、
並《なら》びに日魚《ひいを》を捕《と》る。水深《みづふか》し。〕朝酌渡《あさくみのわたり》。
278 広《ひろ》さ八十歩許《あしばかり》なり。国庁《くにのまつりごとどの》より海辺《うみへ》に通《かよ》ふ道《みち》なり。
279 大井浜《おほゐのはま》。則《すなは》ち海鼠《こ》・海松《みる》有《あ》り。又《また》、陶器《すゑもの》を造《つく》る。
280 邑美冷水《おほみのしみづ》。東《ひむがし》と西《にし》と北《きた》とは山《やま》にして、並《なら》びに嵯峨《さが》し。南《みなみ》は海《うみ》にして澶漫《ひろくなが》く、中《も》

央《なか》は鹵《かた》なり。澧《いづみ》わきて磷々《なが》る。男《をとこ》も女《をみな》も老《お》いたるも少《わか》きも、時々《よりより》に叢《むらが》り集《つど》ひて、常《つね》に燕会《うたげ》する地《ところ》なり。前原埼《さきはらのさき》。東《ひむがし》と西《にし》と北《きた》とは並《なら》びに巃嵸《さが》しく、下《した》には陂《つつみ》有《あ》り。周《めぐ》り二百八十歩《あし》、深《ふか》さ一丈《つゑ》五尺許《さかばかり》なり。三《みつ》の辺《ほとり》の草木《くさき》は、自《おのづか》らに涯《きし》に生《お》ふ。鴛鴦《をし》・鳧《たかべ》・鴨《かも》、時《とき》に随《したが》ひて常《つね》に住《す》めり。陂《つつみ》の南《みなみ》は海《うみ》なり。即《すなは》ち、陂《つつみ》と海《うみ》との間《あひだ》は浜《はま》にして、

東西《ひむがしにし》の長《なが》さは一百歩《あし》、南北《みなみきた》の広《ひろ》さは六歩《あし》なり。肆《な》みたる松《まつ》は蓊鬱《しげ》り、浜《はま》・鹵《かた》は淵《ふち》澄《す》めり。男《をとこ》も女《をみな》も時《とき》に随《したが》ひて叢《むらが》り会《つど》ひ、或《ある》は愉楽《たのし》みて帰《かへ》り、或《ある》は耽遊《あそ》びて皈《かへ》ることを忘《わす》れ、常《つね》に燕喜《うたげ》する地《ところ》なり。蜛蝫島《たこしま》。周《めぐ》り一十八里《さと》一百歩《あし》、高《たか》さ三丈《つゑ》なり。古老伝《ふるおきなつた》へて云《い》へらく、「出雲郡《いづものこほり》の杵築御埼《きづきのみさき》に蜛蝫《たこ》在《あ》り。天羽合鷲《あめのはあひわし》掠《と》り持《も》ち飛《と》び来《き》て、此《こ》の島《しま》に止《とど》まりき」といへり。故《かれ》、蜛蝫島《たこしま》と云《い》ひき。今《いま》の人《ひと》、猶誤《なほあやま》りて栲島《たくしま》と号《なづ》く。土地豊壌《つちゆた》けし。西《にし》の辺《へ》に松二株《まつふたもと》あり。以外《これよりほか》、茅《ち》・沙《くぐ》・薺《う》頭蒿《はぎ》・路等《ふふきら》の類《たぐひ》生《お》ひ靡《なび》けり。〔即《すなは》ち牧《うまき》有《あ》り。〕陸《くぬか》を去《さ》ること三里《さと》なり。蜈蚣島《むかでしま》。周《めぐ》り五里《さと》一百卅歩《あし》、高《たか》さ二丈《つゑ》なり。古老伝《ふるおきなつた》へて云《い》へらく、「蜛蝫島《たこしま》に有《あ》りし蜛蝫《たこ》、蜈蚣《むかで》を食《く》ひて来《き》、此《こ》の島《しま》に止《とど》まり居《を》りき」といへり。故《かれ》、蜈蚣島《むかでしま》と云《い》ふ。東《ひむがし》の辺《へ》に神社《かみのやしろ》あり。以《これより》外《ほか》は、皆悉《ことごと》く百姓《おほみたから》の家《いへ》なり。土地豊壌《つちゆた》けし。草木《くさき》扶蔬《しげ》り、桑《くは》・麻《あさ》豊富《ゆたか》なり。北《きた》に淵《ふち》あり。謂《い》はゆる島里《しまのさと》、是《これ》なり。〔津《つ》を去《さ》ること二里《さと》一百歩《あし》なり。〕即《すなは》ち、此《こ》の島《しま》より伯耆国《ははきのくに》の郡内《こほりのうち》の夜見島《よみじま》に達《いた》るまで、磐石《いは》二里許《さとばかり》、広《ひろ》さ六十歩許《あしばかり》あり。馬《うま》に乗《の》りて猶往来《なほかよ》ふ。塩満《しほみ》つる時《とき》は、深《ふか》さ二尺五寸許《さかきばかり》、塩《しほ》乾《ふ》る時《とき》は、已《すで》に陸地《くぬか》の如《ごと》し。和多々島《わただしま》。周《めぐ》り三里《さと》二百廿歩《あし》なり。

299 〔椎《しひ》・海石榴《つばき》・白桐《あをぎり》・松《まつ》・芋菜《いへついも》・薺頭蒿《うはぎ》・蕗《ふふき》・都波《つは》・猪《ゐ》・鹿《しか》有《あ》り。〕陸《くぬか》を去《さ》ること渡《わた》り一十歩《あし》なり。深《ふか》き浅《あさ》
きを知《し》らず。美《み》
300 佐島《さしま》。周《めぐ》り二百六十歩《あし》、高《たか》さ四丈《つゑ》なり。〔椎《しひ》・模*・茅《ち》・葦《あし》・都波《つは》・薺頭蒿《うはぎ》有《あ》り。〕
301 戸江剗《とえのせき》。郡家《ぐんけ》の正東《まひむがし》廿里《さと》一百八十歩《あし》なり。〔島《しま》に非《あら》ず。陸地《くぬか》の浜《はま》なり。伯耆郡内《ははきのこほりのうち》の夜見島《よみじま》に
302 相向《あひむか》はむ間《あひだ》にあり。〕
303 栗江埼《あはえのさき》。〔夜見島《よみじま》に相向《あひむか》ふ。促戸渡《せとのわたり》二百一十六歩《あし》なり。〕
304 埼《さき》の西《にし》は、入海《いりうみ》の堺《さかひ》なり。凡《おほよ》そ南《みなみ》の入海《いりうみ》に在《あ》る雑物《くさぐさのもの》は、入鹿《いるか》・和爾《わに》・
305 鯔《なよし》・須受枳《すずき》・近志呂《このしろ》・鎮仁《ちに》・白魚《しらうを》・海鼠《こ》・鰝鰕《えび》・海松《みる》
306 等《ら》の類《たぐひ》、至《いた》りて多《おほ》く、名《な》づけしむべからず。

（七）島根郡大海

307 北《きた》は大海《おほうみ》なり。埼《さき》の東《ひむがし》は、大海《おほうみ》の堺《さかひ》なり。〔猶西《なほにし》より東《ひむがし》に行《ゆ》く。〕鯉石島《こひしじま》。〔海藻《め》生《お》ふ。〕大《おほ》
308 島《しま》。〔礒《いそ》なり。〕宇由比浜《うゆひのはま》。広《ひろ》さ八十歩《あし》なり。〔志毘魚《しび》を捕《と》る。〕盗道浜《ぬすみぢのはま》。広《ひろ》さ八十歩《あし》なり。
309 〔志毘魚《しび》を捕《と》る。〕澹由比浜《たまゆひのはま》。広《ひろ》さ五十歩《あし》なり。〔志毘魚《しび》を捕《と》る。〕加努夜浜《かのやのはま》。広《ひろ》さ六十歩《あし》なり。
310 〔志毘魚《しび》を捕《と》る。〕美保浜《みほのはま》。広《ひろ》さ一百六十歩《あし》なり。〔西《にし》に神社《かみのやしろ》有《あ》り。北《きた》に百姓《おほみたから》の家《いへ》有《あ》り。志毘魚《しび》を捕《と》る。〕美《み》
保埼《ほのさき》。〔周《めぐ》りは壁《かき》たちて、
311 峙崒《さが》し。定《まさ》に岳《やま》なり。〕等々島《とどしま》。〔禺々《とど》、当《つね》に住《す》めり。〕土島《つちしま》。〔礒《いそ》なり。〕久毛等浦《くもとのうら》。広《ひろ》さ一百歩《あし》なり。〔東《ひむがし》よ
り西《にし》に行《ゆ》く。

312 十《とを》の船泊《ふねは》つべし。〕黒島《くろしま》。〔海藻《め》生《お》ふ。〕這田浜《はふたのはま》。長《なが》さ二百歩《あし》なり。比佐島《ひさしま》。〔紫菜《むらさきのり》・海藻《め》生《お》ふ。〕
313 長島《ながしま》。〔紫菜《むらさきのり》・海藻《め》生《お》ふ。〕比売島《ひめしま》。〔礒《いそ》なり。〕結島門島《ゆひのしまとのしま》。周《めぐ》り二里《さと》卅歩《あし》、
314 高《たか》さ一十丈《つゑ》なり。〔松《まつ》・薺頭蒿《うはぎ》・都波《つは》有《あ》り。〕御前小島《みさきのこしま》。〔礒《いそ》なり。〕質簡比浦《しつかひのうら》。広《ひろ》さ二百
315 卅歩《あし》なり。〔南《みなみ》に神社《かみのやしろ》あり。北《きた》に百姓《おほみたから》の家《いへ》あり。卌《みそち》の船泊《ふねは》つべし。〕久《く》宇島《しま》。周《めぐ》り一里《さと》卅歩《あし》、高《たか》さ七尺《さか》なり。〔椿《つばき》・椎《しひ》・白朮《をけら》・
316 小竹《しの》・薺頭蒿《うはぎ》・都波《つは》・茅《ち》有《あ》り。〕加多比島《かたひしま》。〔礒《いそ》なり。〕船島《ふねじま》。〔礒《いそ》なり。〕厓島《きしじま》。周《めぐ》り二百歩《あし》、高《たか》さ
317 廾丈《つゑ》なり。〔椿《つばき》・松《まつ》・薺頭蒿《うはぎ》有《あ》り。〕赤島《あかしま》。〔海藻《め》生《お》ふ。〕宇気島《うけしま》。〔前《さき》に同《おな》じ。〕黒島《くろしま》。〔前《さき》に同《おな》じ。〕粟島《あはしま》。周《めぐ》り
318 二百八十歩《あし》、高《たか》さ一十丈《つゑ》なり。〔松《まつ》・芋《いへついも》・茅《ち》・都波《つは》有《あ》り。〕玉緒浜《たまのをのはま》。広《ひろ》さ一百八十歩《あし》なり。〔碁《ごいし》有《あ》り。
319 東《ひむがし》の辺《へ》に唐砥《からと》有《あ》り。又《また》、百姓《おほみたから》の家《いへ》在《あ》り。〕小島《こしま》。周《めぐ》り二百卌歩《あし》、高《たか》さ一十丈《つゑ》なり。〔松《まつ》・茅《ち》・薺頭《うはぎ》・都波《つは》有《あ》り。〕方《かた》
320 結浜《ゆひのはま》。広《ひろ》さ一里《さと》八十歩《あし》なり。〔東《ひむがし》と西《にし》とに家《いへ》有《あ》り。〕勝間埼《かつまのさき》。二《ふたつ》の窟《いはや》有《あ》り。〔一《ひとつ》は高《たか》さ一丈《つゑ》五尺《さか》、裏《うち》の周《めぐ》り一
321 十八歩《あし》、一《ひとつ》は高《たか》さ一丈《つゑ》五尺《さか》、裏《うち》の周《めぐ》り卅歩《あし》なり。〕鳩島《はとしま》。周《めぐ》り一百卅歩、高《たか》さ一十丈《つゑ》なり。〔都波《つは》・苡《おほばこ》有《あ》り。〕鳥《とり》
322 島《しま》。周《めぐ》り八十二歩《あし》、高《たか》さ一十五丈《つゑ》なり。〔島《しま》に栢《かへ》有《あ》り。〕黒島《くろしま》。〔紫菜《むらさきのり》・海藻《め》生《お》ふ。〕須義《すげの》
323 浜《はま》。広《ひろ》さ二百八十歩《あし》なり。衣島《ころもじま》。周《めぐ》り一百卅歩《あし》、高《たか》さ五丈《つゑ》なり。中《なか》を
324 鑿《うか》ちて、南《みなみ》と北《きた》とに船猶往来《ふねなほかよ》ふ。稲上浜《いなあげのはま》。広《ひろ》さ一百六十二歩《あし》なり。〔百《おほみ》

325 姓《たから》の家《いへ》有《あ》り。〕稲積島《いなつみじま》。周《めぐ》り卅八歩《あし》、高《たか》さ六丈《つゑ》なり。〔松《まつ》の木《き》に鳥《とり》の栖《す》有《あ》り。〕中《なか》を鑿《うか》ちて、南《みなみ》と北《きた》とに船猶《ふねなほ》
326 往来《かよ》ふ。大島《おほしま》。〔礒《いそ》なり。〕千酌浜《ちくみのはま》。広《ひろ》さ一里《さと》六十歩《あし》なり。〔東《ひむがし》に松《まつ》の林《はやし》有《あ》り。南《みなみ》の方《かた》に駅家《うまや》あり。北《きた》の方《かた》
に百姓《おほみたから》
327 の家《いへ》あり。郡家《ぐんけ》の西北《にしきた》卅九里《さと》卅歩《あし》なり。此《ここ》をば謂《い》はゆる隠岐国《おきのくに》に渡《わた》る津《つ》と定《さだ》む。〕加志島《かしじま》。周《めぐ》り五十六歩《あし》、高《たか》
さ三
328 丈《つゑ》なり。〔松《まつ》有《あ》り。〕赤島《あかしま》。周《めぐ》り一百歩《あし》、高《たか》さ一丈《つゑ》六尺《さか》なり。〔松《まつ》有《あ》り。〕葦浦浜《あしうらのはま》。広《ひろ》さ一百
329 卅歩《あし》なり〔百姓《おほみたから》の家《いへ》有《あ》り〕。黒島《くろしま》。〔紫菜《むらさきのり》・海藻《め》生《お》ふ。〕亀島《かめしま》。〔前《さき》に同《おな》じ。〕付島《つきしま》。周《めぐ》り二里《さと》一
330 十八歩《あし》、高《たか》さ一丈《つゑ》なり。〔椿《つばき》・松《まつ》・薺頭蒿《うはぎ》・茅《ち》・葦《あし》・都波《つは》有《あ》り。其《そ》の薺頭蒿《うはぎ》、正月《むつき》の元日《つきたち》には生《お》ふること長《たけ》六
寸《き》なり。〕蘇島《そしま》。〔紫菜《むらさきのり》・海《め》
331 藻生《お》ふ。〕中《なか》を鑿《うか》ちて、南《みなみ》と北《きた》とに船猶《ふねなほ》往来《かよ》ふ。真屋島《まやしま》。*周《めぐ》り八十六里《さと》、高《たか》さ
332 五丈《つゑ》なり。〔松《まつ》有《あ》り。〕松島《まつしま》。周《めぐ》り八十歩《あし》、高《たか》さ八丈《つゑ》なり。〔松《まつ》の林《はやし》有《あ》り。〕立石島《たていしじま》。〔礒《いそ》なり。〕瀬埼《せさき》。
333 〔礒《いそ》なる所《ところ》、瀬埼戍《せさきのまもり》、是《これ》なり。〕野浪浜《のなみのはま》。広《ひろ》さ二百八歩《あし》なり。〔東《ひむがし》の辺《へ》に神社《かみのやしろ》有《あ》り。又《また》、百姓《おほみたから》の家《いへ》有《あ》
り。〕鶴島《つるしま》。
334 周《めぐ》り二百一十歩《あし》、高《たか》さ九丈《つゑ》なり。〔松《まつ》有《あ》り。〕間島《ましま》。〔海藻《め》生《お》ふ。〕毛都島《もつしま》。〔紫菜《むらさきのり》・海藻《め》生《お》ふ。〕
335 川来門大浜《かはくどのおほはま》。広《ひろ》さ一里《さと》百歩《あし》なり。〔百姓《おほみたから》の家《いへ》有《あ》り。〕黒島《くろしま》。〔海藻《め》有《あ》り。〕小黒島《をぐろしま》。
336 〔海藻《め》生《お》ふ。〕加賀神埼《かかのかむざき》。即《すなは》ち窟《いはや》有《あ》り。一十丈許《つゑばかり》なり。周《めぐ》り五百二歩許《あしばかり》なり。東《ひむがし》・
337 西《にし》・北《きた》への道《みち》あり。〔謂《い》はゆる佐太大神《さだのおほかみ》の産《あ》生れまし処《ところ》なり。産《あ》生れまさむとする臨時《とき》に、弓箭《ゆみや》亡《う》せ坐《ま》し
き。爾時《そのとき》、御祖神魂命《みおやかむむすひのみこと》の御子《みこ》、*枳佐加地売命《きさかちめのみこと》願《ねが》ひしく、「吾《わ》が御子《みこ》、麻須羅神《ますらがみ》の御子《みこ》に

338 坐《ま》さば、亡《う》せたる弓箭《ゆみや》出《い》で来《こ》」と願《ねが》ひ坐《ま》しき。爾時《そのとき》、角《つの》の弓箭《ゆみや》、水《みづ》の随《まにま》に流《なが》れ出《い》づ。爾時《そのとき》、弓《ゆみ》を取《と》りて子《みこ》に
詔《の》りたまはく、「此《こ》は、非《あ》しき弓箭《ゆみや》なり」と詔《の》りたまひて、擲《な》げ廃《う》て給《たま》ふ。又《また》、金《くがね》の弓箭流《ゆみやなが》れ出《い》で来《く》。即《すなは》ち、
待《ま》ち取《と》らし坐《ま》して、「闇鬱《くら》き
339 窟《いはや》かも」と詔《の》りたまひて、射通《いとほ》し坐《ま》しき。即《すなは》ち、御祖支佐加地売命《みおやきさかちめのみこと》社《のやしろ》、此処《ここ》に坐《ま》す。今《いま》の人《ひと》、是《こ》の窟《いはや》
の辺《ほとり》を行《ゆ》く時《とき》に、必《かなら》ず声《こゑ》あげ⿰石啇《いしな》げ磕《とどろ》こして待《ま》つ。若《も》し密《ひそ》かに行《ゆ》かば、神現《かみあらは》れて、飄風起《つむじおこ》り、行《ゆ》く船《ふね》は必《かなら》
ず覆《くつがへ》る。〕
340 御島《みしま》。周《めぐ》り二百八十歩《あし》、高《たか》さ一十丈《つゑ》なり。中《なか》は東《ひむがし》と西《にし》とに通《かよ》ふ。〔椿《つばき》・松《まつ》・栢《かへ》有《あ》り。〕葛《かづら》
341 島《しま》。周《めぐ》り一里《さと》一百十歩《あし》、高《たか》さ五丈《つゑ》なり。〔椿《つばき》・松《まつ》・小竹《しの》・茅《ち》・葦《あし》有《あ》り。〕櫛島《くしじま》。周《めぐ》り二百
342 卌歩《あし》、高《たか》さ一十丈《つゑ》なり。〔松《まつ》の林《はやし》有《あ》り。〕許意島《こしま》。周《めぐ》り八十丈《つゑ》、高《たか》さ一十丈《つゑ》なり。〔松《まつ》・
343 茅《ち》有《あ》り。沢《さは》に林《はやし》あり。〕真島《ましま》。周《めぐ》り一百八十歩《あし》、高《たか》さ一十丈《つゑ》なり。〔松有《まつあ》り。〕比羅島《ひらしま》。〔紫《むらさきのり》・海藻《め》生《お》ふ。〕
344 黒島《くろしま》。〔前《さき》に同《おな》じ。〕名島《なしま》。周《めぐ》り一百八十歩《あし》、高《たか》さ九丈《つゑ》なり。〔松有《まつあ》り。〕赤島《あかしま》〔紫菜《むらさきのり》・藻《め》生《お》ふ〕。
345 大崎浜《おほさきのはま》。広《ひろ》さ一里《さと》一百八十歩《あし》なり。〔西北《にしきた》に着《あつま》りて百姓《おほみたから》の家有《いへあ》り。〕須々比埼《すすひのさき》。〔白朮《をけら》有《あ》り。〕
346 御津浜《みつのはま》。広《ひろ》さ二百八歩《あし》なり。〔百姓《おほみたから》の家有《いへあ》り。〕三島《みしま》。〔海藻《め》生《お》ふ。〕虫津浜《むしつのはま》。広《ひろ》さ一百
347 卄歩《あし》なり。手結埼《たゆひのさき》。浜辺《はまへ》に〔二《ふたもと》の檜《ひのき》有《あ》り。〕窟《いはや》あり。〔高《たか》さ一丈《つゑ》、裏《うち》の周《めぐ》り卅歩《あし》なり。〕手結浦《たゆひのうら》。広《ひろ》さ卌
二
348 歩《あし》なり。〔船二許《ふねふたつばかり》泊《は》つべし。〕久宇島《くしま》。周《めぐ》り一百卅歩《あし》、高《たか》さ七丈《つゑ》なり。〔松有《まつあ》り。〕
349 凡《おほよ》そ北海《きたのうみ》に捕《と》れる雑物《くさぐさのもの》は、志毘《しび》・朝鮐《ふく》・沙魚《さめ》・烏賊《いか》・蜛蝫《たこ》・鮑魚《あはび》・
350 螺《さざえ》・蛤貝《うむき》〔字《まな》、或《ある》は「蚌菜」に作《つく》る。〕・蕀甲蠃《うに》〔字《まな》、或《ある》は「石経子」に作《つく》る。〕・甲蠃《かせ》・蓼螺子《にし》〔字《まな》、或《ある》は

「螺子」に作《つく》る。〕・螺蠣子《かき》・石華《せ》〔字《まな》、或《ある》は「蠣犬脚」に作《つく》る。或《ある》は「土嚝於脚」といへり。勢《せ》なり。〕・白貝《おふ》・海藻《め》・海松《みる》・紫菜《むらさきのり》・凝海菜《こるもは》等の類《たぐひ》、至《いた》りて繁《おほ》く、称《なづ》けしむべからず。

（八）島根郡通道

通道《かよひぢ》。意宇郡《おうのこほり》の朝酌渡《あさくみのわたり》に通《ゆ》くこと、一十一里《さと》二百卄歩《あし》の中《うち》、海《うみ》八十歩《あし》なり。秋鹿《あきか》との堺《さかひ》なる佐太橋《さだのはし》に通《ゆ》くこと、一十五里《さと》八十歩《あし》なり。

隠岐渡《おきのわたり》、千酌駅家《ちくみのうまや》の湊《みなと》に通《ゆ》くこと、一十一里《さと》一百八十歩《あし》なり。

（九）島根郡郡司

郡司主帳《ぐんししゆちやう》 無位《むゐ》出雲臣《いづものおみ》
大領《だいりやう》外正六位下《ぐゑしやうろくゐのげ》社部臣《こそべのおみ》
少領《せうりやう》外従八位上《ぐゑじゆはちゐのじやう》社 部石 臣《こそ＊べのいし＊のおみ》
主政《しゆしやう》従八位下《じゆはちゐのげ》勲十二等《くんじふにとう》 蝮 朝臣《たぢひのあそみ》

Ⅳ　秋鹿郡

（一）　秋鹿郡総記

秋鹿郡《あきかのこほり》
合《あは》せて、郷《さと》は肆《よつ》、〔里《こざと》は十二。〕神戸《かむべ》は〔壱《ひとつ》なり。〕
恵曇郷《ゑとものさと》。本《もと》の字《まな》は「恵伴《ゑとも》」なり。
多太郷《ただのさと》。今《いま》も前《さき》に依《よ》りて用《もち》ゐる。
大野郷《おほののさと》。今《いま》も前《さき》に依《よ》りて用《もち》ゐる。
伊農郷《いののさと》。本《もと》の字《まな》は「伊努《いの》」なり。〔以上《これよりかみ》、郷別《さとごと》に里参《こざとみつ》なり。〕
神戸里《かむべのさと》。

（二）　秋鹿郡郡郷名

秋鹿《あきか》と号《なづ》くる所以《ゆゑ》は、郡家《ぐんけ》の正北《まきた》に秋鹿日女命《あきかひめのみこと》坐《いま》す。故《かれ》、秋鹿《あきか》と云《い》ふ。

恵曇郷《ゑとものさと》。郡家《ぐんけ》の東北《ひむがしきた》九里《さと》卌歩《あし》なり。須作能乎命《すさのをのみこと》の御子《みこ》、磐坂日子命《いはさかひこのみこと》、国《くに》を巡行《めぐりい》で坐《ま》しし時《とき》に、此処《ここ》に至《いた》り坐《ま》して、詔《みことのり》を詔《の》りたまひしく、「此処《ここ》は国《くに》の*権美好《つらうるは》しくあり。国《くに》の形《かたち》、画鞆《ゑとも》の如《ごと》きかも。吾《あ》が宮《みや》は是処《ここ》に造《つく》る

事《こと》とせむ」とのりたまひき。故《かれ》、恵伴《ゑとも》と云《い》ふ。〔神亀三年《じんくゐさむねん》、字《まな》を「恵曇《ゑとも》」と改《あらた》む。〕

多太郷《ただのさと》。郡家《ぐんけ》の西北《にしきた》五里《さと》一百卅歩《あし》なり。須佐能乎命《すさのをのみこと》の御子《みこ》、衝杵《つききね》等《と》乎《を》与《よ》留《る》比古命《ひこのみこと》、国《くに》を巡行《めぐりい》で坐《ま》しし時《とき》に、此処《ここ》に至《いた》り坐《ま》して、詔《の》りたまひしく、「吾《あ》が御心《みこころ》は、照明《あか》く正真《ただ》しく成《な》りぬ。吾《あ》は此処《ここ》に静《しづ》まり坐《ま》さむ」と詔《の》りたまひて、静《しづ》まり坐《ま》しき。故《かれ》、多太《ただ》と云《い》ふ。

大野郷《おほののさと》。郡家《ぐんけ》の正西《まにし》一十里《さと》廿歩《あし》なり。和加布都努志能命《わかふつぬしのみこと》、御狩為坐《みかりしま》しし時《とき》に、即《すなは》ち郷《さと》の西《にし》の山《やま》に持人《もちびと》を立《た》て給《たま》ひて、猪犀《ゐ》を追《お》はしめ、北《きた》の方《かた》に上《のぼ》りたまひき。阿内谷《くまぬちのたに》に至《いた》りて、其《そ》の猪《ゐ》の跡《あと》亡失《う》せぬ。爾時《そのとき》に詔《の》りたまひしく、「自然《おのづから》にあるかも。猪《ゐ》の跡《あと》亡失《う》せぬ」と詔《の》りたまひき。故《かれ》、内野《うちの》と云《い》ひき。然《しか》るに、*命《みこと》の人猶誤《ひとなほあやま》りて大野《おほの》と号《なづ》く。

伊農郷《いののさと》。郡家《ぐんけ》の正西《まにし》一十四里《さと》二百歩《あし》なり。*出雲郡《いづものこほり》伊農《いのの》郷《さと》に坐《ま》す*赤衾《あかふすま》伊農《いの》意保須美比古佐和気能命《おほすみひこさわけのみこと》の后《きさき》、天瓱津日女命《あめのみかつひめのみこと》、国《くに》を巡行《めぐりい》で坐《ま》しし時《とき》に、此処《ここ》に至《いた》り坐《ま》して詔《の》りたまひしく、「伊農《いの》はや」と詔《の》りたまひき。故《かれ》、「足《あし》*怒《はや》る伊努《いの》」と云《い》ふ。〔神亀三年《じんくゐさむねん》、字《まな》を「伊農《いの》」と改《あらた》む。〕神戸里《かむべのさと》。〔出雲《いづも》なり。名《な》を説《と》くこと、意宇郡《おうのこほり》の如《ごと》し。〕

（三）　秋鹿郡神社

佐太御子社《さだのみこのやしろ》　比多社《ひたのやしろ》　御井社《みゐのやしろ》　垂水社《たるみのやしろ》　恵杼毛社《ゑとものやしろ》
許曽志社《こそしのやしろ》　大野津社《おほののつのやしろ》　宇多貴社《うたきのやしろ》　大井社《おほゐのやしろ》　宇智社《うちのやしろ》

387 〔以上《これよりかみ》の一十所《ところ》は、並《なら》びに神祇官《じんぎくわん》に在《あ》り。〕恵曇海辺社《ゑとものうみへのやしろ》　同《おな》じき海辺社《うみへのやしろ》　奴多之社《ぬたしのやしろ》　那牟社《なむのやしろ》
388 多大社《ただのやしろ》　同《おな》じき多大社《ただのやしろ》　出島社《いでしまのやしろ》　阿之牟社《あしむのやしろ》　田仲社《たなかのやしろ》
389 彌多仁社《みたにのやしろ》　細見社《ほそみのやしろ》　下社《しものやしろ》　伊努社《いののやしろ》　毛之社《もしのやしろ》
390 草野社《かやののやしろ》　秋鹿社《あきかのやしろ》〔以上《これよりかみ》の十五所《ところ》は、并《なら》びに神祇官《じんぎくわん》に在《あ》らず。〕

（四）秋鹿郡山野

391 神名火山《かむなびやま》。郡家《ぐんけ》の東北《ひむがしきた》九里《さと》卌歩《あし》なり。高《たか》さ卌丈《つゑ》、周《めぐ》り四里《さと》なり。
392 謂《い》はゆる佐太大神社《さだのおほかみのやしろ》は、即《すなは》ち彼《そ》の山下《やまもと》なり。足日山《たるひやま》。郡家《ぐんけ》の正北《まきた》一里《さと》なり。高《たか》さ一
393 百七十丈《つゑ》、周《めぐ》り一十里《さと》二百歩《あし》なり。＊安心高野《あしむのたかの》。郡家《ぐんけ》の正西《まにし》一
394 十里《さと》廾歩《あし》なり。高《たか》さ一百八十丈《つゑ》、周《めぐ》り六里《さと》なり。土体《つちこ》豊え渡《わた》る。百姓《おほみたから》の高《たか》き
395 腴囲《こえたるめぐり》なり。樹林《はやし》無《な》し。但《ただ》し、上頭《いただき》に樹林《はやし》在《あ》り。此《こ》は神社《かみのやしろ》なり。都《つ》
396 勢野《せの》。郡家《ぐんけ》の正西《まにし》一十里《さと》廾歩《あし》なり。高《たか》さ一百一十丈《つゑ》、周《めぐ》り五里《さと》なり。
397 樹林《はやし》無《な》し。嶺《みね》の中《うち》に湒在《いづみあ》り。周《めぐ》り五十歩《あし》なり。四《よも》の涯《きし》に、藤《ふぢ》・萩《はぎ》・箏《たかむな》・茅《ち》の土物《つちのもの》、叢《む》れ
398 生《お》ふ。或《ある》は叢峙《むらだ》ち、或《ある》は水《みづ》に伏《ふ》す。鴛鴦《をし》住《す》めり。今山《いまやま》。郡家《ぐんけ》の正西《まにし》一十里《さと》
399 廾歩《あし》なり。周《めぐ》り七里《さと》なり。諸《もろもろ》の山野《やまの》に在《あ》る草木《くさき》には、白朮《をけら》・独活《つちたら》・女青《かはねぐさ》・苦参《くらら》・貝《はは》
400 母《くり》・牡丹《ふかみぐさ》・連翹《いたちぐさ》・伏令《まつほど》・藍漆《やまあさ》・女委《ゑみくさ》・細辛《みらのねぐさ》・蜀椒《なるはじかみ》・＊署預《やまついも》・白歛《やまかがみ》・芍《えびす》
401 薬《くすり》・百部根《ほとづら》・薇蕨《わらび》・薺頭蒿《うはぎ》、藤《ふぢ》・李《すもも》・赤桐《あかぎり》・白桐《あをぎり》・椎《しひ》・椿《つばき》・楠《くすのき》・
402 松《まつ》・栢《かへ》・槻《つき》あり。禽獣《とりけだもの》には、雕《わし》・晨々風《はやぶさ》・山鶏《やまどり》・鳩《はと》・雉《きぎし》、猪《ゐ》・鹿《しか》・兎《うさぎ》・

飛𤢖《むささび》・狐《きつね》・獼猴《さる》有《あ》り。

（五）秋鹿郡河川

佐太河《さだかは》。源《みなもと》は二《ふたつ》あり。〔東《ひむがし》の水源《みなもと》は、島根郡《しまねのこほり》の謂《い》はゆる多久川《たくかわ》、是《これ》なり。西《にし》の水源《みなもと》は秋鹿郡《あきかのこほり》渡村《わたりのむら》より出《い》づ。〕二《ふたつ》の水《かは》合《あ》ひて、南《みなみ》に流《なが》れて佐太《さだの》水海《みづうみ》に入《い》る。即《すなは》ち、水海《みづうみ》の周《めぐ》り七里《さと》なり。〔鮒《ふな》有《あ》り。〕水海《みづうみ》は入海《いりうみ》に通《とほ》る。潮《みなと》の長《なが》さ一百五十歩《あし》、広《ひろ》さ一十歩《あし》なり。山田川《やまだかは》。源《みなもと》は郡家《ぐんけ》の西北《にしきた》七里《さと》の湯火山《ゆひやま》より出《い》で、南《みなみ》に流《なが》れて入海《いりうみ》に入《い》る。多太川《ただかは》。源《みなもと》は郡家《ぐんけ》の正西《まにし》一十里《さと》なる*安心高《あしむのたか》野《の》より出《い》で、南《みなみ》に流《なが》れて入海《いりうみ》に入《い》る。大野川《おほのがは》。源《みなもと》は郡家《ぐんけ》の正西《まにし》一十三里《さと》なる磐《いは》門山《とやま》より出《い》で、南《みなみ》に流《なが》れて入海《いりうみ》に入《い》る。草野川《かやのかは》。源《みなもと》は郡家《ぐんけ》の正西《まにし》一十四里《さと》なる大継山《おほつぎやま》より出《い》で、南《みなみ》に流《なが》れて入海《いりうみ》に入《い》る。伊農川《いのかは》。源《みなもと》は郡家《ぐんけ》の正西《まにし》一十六里《さと》なる伊農山《いのやま》より出《い》で、南《みなみ》に流《なが》れて入海《いりうみ》に入《い》る。〔以上《これよりかみ》の七《ななつ》の川《かは》は、並《なら》びに魚無《いをな》し。〕

（六）秋鹿郡池・海

*恵曇《ゑとも》と字《まな》を改《あらた》む。参《みつ》の陂《つつみ》の周《めぐ》り六里《さと》なり。鴛鴦《をし》・鳧《たかべ》・鴨《かも》・鮒《ふな》在《あ》り。四辺《めぐり》に葦《あし》・蒋《こも》・菅《すげ》生《お》ふ。養老元年《やうらうぐわんねん》より以往《さき》は、荷蕖《はちす》、自然《おのづから》に叢《む》れ生《お》ふること、太《はなは》だ多《おほ》かりき。二年《ねん》より以降《このかた》、自然《おのづから》に亡失《う》せ、都《かつ》て茎無《くきな》し。俗人《くにひと》云《い》へらく、「其《そ》の底《そこ》に陶器《すゑ》・瓺《みか》・甀《かめ》等《ら》の類《たぐひ》、多《おほ》く有《あ》り。古《いにしへ》より時々人溺《ときどきひとおぼ》れ死《し》にき。深《ふか》き浅《あさ》きを知《し》らず」といへり。

416 深田池《ふかだのいけ》。周池《いけのめぐり》二百卅歩《あし》なり。〔鴛鴦《をし》・鳧《たかべ》・鴨《かも》有《あ》り。〕杜石池《もりしのいけ》。周《めぐ》り一里《さと》二百歩《あし》なり。
417 蜂峙池《はちみねのいけ》。周《めぐ》り一里《さと》なり。佐久羅池《さくらのいけ》。周《めぐ》り一里《さと》一百歩《あし》なり。〔鴛鴦《をし》有《あ》り。〕南《みなみ》は
418 入海《いりうみ》なり。春《はる》は、鯔魚《なよし》・須受枳《すずき》・鎮仁《ちに》・鰝鰕《えびら》等の大《おほ》き小《ちひ》さき　雑　魚《くさぐさのうを》在《あ》り。
419 秋《あき》は、白鵠《くくひ》・鵝鴈《かり》・鳧《たかべ》・鴨《かも》等《ら》の　⿰犭鳥《とりけだもの》有《あ》り。北《きた》は大海《おほうみ》なり。恵曇浜《ゑとものはま》。
420 度《わた》り二里《さと》一百八十歩《あし》なり。東《ひむがし》と南《みなみ》とに並《なら》びに在家《いへいへ》あり。西《にし》は野《の》、北《きた》は大海《おほうみ》なり。即《すなは》ち、
421 浦《うら》より在家《いへいへ》に至《いた》る間《あひだ》は、四方《よも》に並《なら》びに石《いは》・木《き》無《な》し。白《しろ》き沙《まなご》の積《つも》れるごとし。
422 大風《おほかぜ》吹《ふ》く時《とき》は、其《そ》の沙《まなご》、或《ある》は風《かぜ》の随《まにま》に雪《ゆき》と零《ふ》り、或《ある》は居流《ゐなが》れて蟻《あり》と散《ち》り、
423 桑《くは》・麻《あさ》を掩覆《おほ》ふ。即《すなは》ち、磐壁《いはぎし》を彫《ほ》り鑿《うか》てるところ二所《ふたところ》有《あ》り。〔一所《ひとところ》は、厚《あつ》さ三丈《つゑ》、広《ひろ》さ一丈《つゑ》、高《たか》さ八尺《さか》な
り。一所《ひとところ》は、厚《あつ》さ二丈《つゑ》
424 二尺《さか》、広《ひろ》さ一丈《つゑ》、高《たか》さ一丈《つゑ》なり。〕其《そ》の中《なか》に川《かは》を通《とほ》す。北《きた》に流《なが》れて大海《おほうみ》に入《い》る。〔川《かは》の　東《ひむがし》　は島根郡《しまねのこほり》なり。郡《こほり》
の内《うち》の根部《ね》なり。〕川口《かはのくち》より、
425 南《みなみ》の方田《かたた》の辺《ほとり》に至《いた》る間《あひだ》は、長《なが》さ一百八十歩《あし》、広《ひろ》さ一丈《つゑ》五尺《さか》なり。源《みなもと》　は
426 田《た》の水《みづ》なり。上《かみ》の文《ふみ》に謂《い》はゆる佐太川《さだかは》の西《にし》の　源《みなもと》、是《ここ》と同《おな》じき処《ところ》なり。凡《すべ》て、　渡　村《わたりのむら》の田《た》の
427 水《みづ》なり。南《みなみ》と北《きた》とに別《わか》る。古老《ふるおきな》伝《つた》へて云《い》へらく、「島根郡《しまねのこほり》の大領社部臣訓《だいりやうこそべのおみくに》
428 麻呂《まろ》が祖《おや》波蘇《はそ》等《ら》、稲田《いなだ》の澇《こみ》に依《よ》りて、彫堀《ほ》りき」といへり。浦《うら》の西《にし》の
429 礒《いそ》より、楯縫　郡《たてぬひのこほり》との堺《さかひ》なる自毛崎《しものさき》に尽《いた》る間《あひだ》は、浜《はま》の壁《きし》等扉嵬《さが》しくして、
430 風《かぜ》々静《しづ》かなりといへども、往来《ゆきき》の船《ふね》、停泊《は》つるに由無《よしな》き頭《ほとり》なり。白島《しろしま》。〔紫苔菜《むらさきのり》生《お》ふ。〕御島《みしま》。高《たか》さ
431 六丈《つゑ》、周《めぐ》り八十歩《あし》なり。〔松《まつ》、三株《もと》有《あ》り。〕都於島《つのおしま》。〔礒《いそ》あり。〕著穂島《つきほじま》。〔海藻《め》生《お》ふ。〕凡《おほよ》そ北海《きたのうみ》

に在《あ》る雑物《くさぐさのもの》は、鮐《ふく》・沙魚《さめ》・佐波《さば》・烏賊《いか》・鮑魚《あはび》・螺《さざえ》・貽貝《いがひ》・蚌《うむき》・甲蠃《かせ》・螺子《にし》・石華《せ》・蠣子《かき》・海藻松《みる》・紫菜《むらさきのり》・凝海菜《こるもは》なり。

（七）　秋鹿郡通道

通道《かよひぢ》。島根郡《しまねのこほり》との堺《さかひ》なる佐太橋《さだのはし》に通《ゆ》くこと、八里《さと》二百歩《あし》なり。楯縫郡《たてぬひのこほり》との堺《さかひ》なる伊農橋《いののはし》に通《ゆ》くこと、*一十五里《さと》　歩《あし》なり。

（八）　秋鹿郡郡司

郡司《ぐんし》主帳《しゆちやう》外従八位下《ぐゑじゆはちゐのげ》勲十二等《くんじふにとう》日下部臣《くさかべのおみ》
大領《だいりやう》外正八位下《ぐゑしやうはちゐのげ》勲十二等《くんじふにとう》刑部臣《おさかべのおみ》
権任少領《ごんにむせうりやう》従八位下《じゆはちゐのげ》蝮部臣《たぢひべのおみ》

Ⅴ　楯縫郡

（一）　楯縫郡総記

楯縫郡《たてぬひのこほり》
合《あは》せて、郷《さと》は肆《よつ》、〔里《こざと》は一十二。〕余戸《あまりべ》は壱《ひとつ》、神戸《かむべ》は壱《ひとつ》なり。
佐香郷《さかのさと》。今《いま》も前《さき》に依《よ》りて用《もち》ゐる。

442 楯縫郷《たてぬひのさと》。　今《いま》も前《さき》に依《よ》りて用《もち》ゐる。
443 玖潭郷《くたみのさと》。　本《もと》の字《まな》は「忽美《くたみ》」なり。
444 沼田郷《ぬたのさと》。　本《もと》の字《まな》は「努多《ぬた》」なり。　以上《これよりかみ》の肆《よつ》は郷別《さとごと》に里《こざと》参《みつ》なり。
445 神戸里《かむべのさと》。

（二）楯縫郡郡郷名

446 楯縫《たてぬひ》と号《なづ》くる所以《ゆゑ》は、神魂命《かむむすひのみこと》詔《の》りたまひしく、「五十足《いた》る天日栖宮《あめのひすみのみや》の
447 縦横《たてよこ》の御量《みはかり》は、千尋《ちひろ》の栲紲《たくなは》持《も》ちて、百八十結《ももやそむす》びに結《むす》び下《た》れて、此《こ》の天《あめ》の
448 御量《みはかり》持《も》ちて、天下造《あめのしたつく》らしし大神《おほかみ》の宮《みや》を造《つく》り奉《まつ》れ」と詔《の》りたまひて、御子《みこ》、
449 天御鳥命《あめのみとりのみこと》を楯部《たてべ》と為《し》て、天下《あまくだ》し給《たま》ひき。爾時《そのとき》に、退《まか》り下《くだ》り来坐《きま》し
450 て、大神《おほかみ》の宮《みや》の御装《みよそほひ》の楯《たて》を造《つく》り始《はじ》め給《たま》ひし所《ところ》、是《ここ》なり。仍《よ》りて、今《いま》に至《いた》るまで、楯《たて》・桙《ほこ》を
451 造《つく》りて、皇神等《すめがみたち》に奉《たてまつ》り出《いだ》せり。故《かれ》、楯縫《たてぬひ》といふ。
452 佐香郷《さかのさと》。郡家《ぐんけ》の正東《まひむがし》四里《さと》一百六十歩《あし》なり。佐香《さか》の河内《かふち》に、百八《ももや》
453 十神等《そのかみたち》集《つど》ひ坐《ま》して、御厨《みくりや》を立《た》て給《たま》ひて、酒《さけ》を醸《かも》さしめ給《たま》ひき。即《すなは》ち、百八十日《ももやそか》
454 *喜燕《さかみづ》きて解散《あら》け坐《ま》しき。故《かれ》、佐香《さか》と云《い》ふ。
455 楯縫郷《たてぬひのさと》。即《すなは》ち郡家《ぐんけ》に属《つ》けり。〔名《な》を説《と》くこと、郡《こほり》の如《ごと》し。〕即《すなは》ち、北海《きたのうみ》の浜《はま》なる業梨礒《なりなしのいそ》に窟在《いはやあ》り。
456 裏《うち》の方《たてよこ》は一丈半《つゑなかば》なり。戸《と》の高《たか》さと広《ひろ》さとは各《おのもおのも》七尺《さか》なり。裏《うち》の南《みなみ》の壁《かき》に穴《あな》あり。口《くち》の周《めぐ》り六
457 尺《さか》、径《わた》り二尺《さか》なり。人《ひと》、入《い》ること得《え》ず。遠《とほ》き近《ちか》きを知《し》らず。

玖潭郷《くたみのさと》。郡家《ぐんけ》の正西《まにし》五里《さと》二百歩《あし》なり。天下造《あめのしたつく》らしし大神命《おほかみのみこと》、天《あめ》の御飯田《みいひだ》の御倉《みくら》を造《つく》り給《たま》はむ林《はやし》を覓《ま》ぎ巡《めぐ》行り給《たま》ひき。爾時《そのとき》に、「はやさめ、久多美《くたみ》の山《やま》」と謚《なづ》け給《たま》ひき。故《かれ》、忽美《くたみ》といふ。〔神亀三年《じんくゐさむねん》、字《まな》を「玖潭《くたみ》」と改《あらた》む。〕

沼田郷《ぬたのさと》。郡家《ぐんけ》の正西《まにし》八里《さと》六十歩《あし》なり。宇乃治比古命《うのぢひこのみこと》、「爾《に》多《た》の水《みづ》を以《もち》て、御乾飯《みかれいひ》にたに食《を》し坐《ま》しき」と詔《の》りたまひて、爾多《にた》と負《おほ》せ給《たま》ひき。然《しか》れば、爾多郷《にたのさと》と謂《い》ふべし。而《しか》るに、今《いま》の人《ひと》、猶故《なほことさら》に努多《ぬた》といふ。〔神亀三年《じんくゐさむねん》、字《まな》を「沼田《ぬた》」と改《あらた》む。〕

神戸里《かむべのさと》。〔出雲《いづも》なり。名《な》を説《と》くこと、意宇郡《おうのこほり》の如《ごと》し。〕

（三）楯縫郡寺社

新造院一所《しんざうゐんひとところ》。沼田郷《ぬたのさと》の中《うち》に在《あ》り。厳堂《ごむだう》を建立《た》つ。郡家《ぐんけ》の正西《まにし》六里《さと》一百六十歩《あし》なり。大領出雲臣大田《だいりやういづものおみおほた》が造《つく》る所《ところ》なり。

久多美社《くたみのやしろ》　多久社《たくのやしろ》　佐加社《さかのやしろ》　乃利斯社《のりしのやしろ》　御津社《みつのやしろ》
水社《みづのやしろ》　宇美社《うみのやしろ》　許豆社《こづのやしろ》　同社《おなじきやしろ》　〔以上《これよりかみ》の九所《ところ》は、並《なら》びに神祇官《じんぎくわん》に在《あ》り。〕
許豆乃社《こづのやしろ》　又許豆社《またこづのやしろ》　又許豆社《またこづのやしろ》　久多美社《くたみのやしろ》　同《おな》じき久多美社《くたみのやしろ》
高守社《たかもりのやしろ》　又高守社《またたかもりのやしろ》　紫菜島社《のりしまのやしろ》　鞆前社《ともさきのやしろ》　宿努社《すくののやしろ》
猗田社《よりたのやしろ》　山口社《やまくちのやしろ》　葦原社《あしはらのやしろ》　又葦原社《またあしはらのやしろ》　田田社《ただのやしろ》
峴之社《みねのやしろ》　阿年知社《あねちのやしろ》　葦原社《あしはらのやしろ》　田田社《ただのやしろ》　〔以上《これよりかみ》の一十九所《ところ》は、神祇官《じんぎくわん》に在《あ》らず。〕

（四） 楯縫郡山野

神名樋山《かむなびやま》。郡家《ぐんけ》の東北《ひむがしきた》六里《さと》一百六十歩《あし》なり。高《たか》さ一百卅丈《つゑ》五尺、周《めぐ》り卅一里《さと》一百八十歩《あし》なり。嵬《いただき》の西《にし》に石神《いしがみ》在《あ》り。高《たか》さ一丈《つゑ》、周《めぐ》り一丈《つゑ》なり。往《みち》の側《ほとり》に小《ちひ》さき石神百余許《いしがみももちあまり》在《あ》り。古老伝《ふるおきなつた》へて云《い》へらく、「阿遅須枳高日子命《あぢすきたかひこのみこと》の后《きさき》、天御梶日女命《あめのみかぢひめのみこと》、多忠村《おほただのむら》に来坐《きま》して、多伎都比古命《たきつひこのみこと》を産《う》み給《たま》ひき。爾時《そのとき》に、教《をし》へて詔《の》りたまひしく、『汝《な》が命《みこと》の御祖《みおや》の位《くらゐ》に向《むか》ひて生《う》まむと欲《ほ》りするに、此処《ここ》ぞ宜《よ》き』とのりたまひき。謂《い》はゆる石神《いしがみ》は、即《すなは》ち是《これ》、多伎都比古命《たきつひこのみこと》の御託《みつき》なり」といへり。旱《ひでり》に当《あた》りて雨《あめ》を乞《こ》ふ時《とき》は、必《かなら》ず零《あめふ》らしめたまふ。阿豆麻夜山《あづまややま》。郡家《ぐんけ》の正北《まきた》五里《さと》卌歩《あし》なり。見椋山《みくらやま》。郡家《ぐんけ》の西北《にしきた》七里《さと》なり。凡《おほよ》そ諸《もろもろ》の山《やま》に在《あ》る草木《くさき》は、蜀《なる》椒《はじかみ》・漆《うるし》・麦門冬《やますげ》・伏令《まつほど》・細辛《みらのねぐさ》・白歛《やまかがみ》・杜仲《はひまゆみ》・人参《かのにけぐさ》・升麻《とりのあしぐさ》・署《*やまつ》預《いも》・白朮《をけら》、藤《ふぢ》・李《すもも》・榧《かへ》・楡《にれ》・椎《しひ》・赤桐《あかぎり》・白桐《あをぎり》・海榴《つばき》・楠《くすのき》・松《まつ》・槻《つき》なり。禽獣《とりけだもの》には、雕《わし》・晨風《はやぶさ》・鳩《はと》・山鶏《やまどり》、猪《ゐ》・鹿《しか》・兎《うさぎ》・狐《きつね》・獼猴《さる》・飛鼯《むささび》有《あ》り。

（五） 楯縫郡河川・池

佐香河《さかがは》。源《みなもと》は郡家《ぐんけ》の東北《ひむがしきた》謂《い》はゆる神名樋山《かむなびやま》より出《い》で、東南《ひむがしみなみ》に流《なが》れて

486 入海《いりうみ》に入《い》る。多久川《たくかは》。源《みなもと》は同《おな》じき神名樋山《かむなびやま》より出《い》で、西南《にしみなみ》に流《なが》れて入海《いりうみ》に入《い》る。都宇《つ》
487 川《かは》。源《みなもと》は二《ふたつ》あり。〔東《ひむがし》の川源《みなもと》は阿豆麻夜山《あづまややま》より出《い》づ。西《にし》の水源《みなもと》は見椋山《みくらやま》より出《い》づ。〕二《ふたつ》の水合《かはあ》ひて、南《みなみ》
に流《なが》れて入海《いりうみ》に入《い》る。宇加川《うかがは》。
488 源《みなもと》は
489 同《おな》じき見椋山《みくらやま》より出《い》で、南《みなみ》に流《なが》れて入海《いりうみ》に入《い》る。麻奈加比池《まなかひのいけ》。周《めぐ》り一里《さと》一十歩《あし》なり。
490 大東池《おほひむがしのいけ》。周《めぐ》り一里《さと》なり。赤市池《あけちのいけ》。周《めぐ》り一里《さと》二百歩《あし》なり。沼田池《ぬたのいけ》。周《めぐ》り一里《さと》五十
491 歩《あし》なり。長田池《ながたのいけ》。周《めぐ》り一里《さと》一百歩《あし》なり。

（六）楯縫郡海・島

492 南《みなみ》は入海《いりうみ》なり。雑物《くさぐさのもの》等は、秋鹿郡《あきかのこほり》に説《と》ける如《ごと》し。
493 北《きた》は大海《おほうみ》なり。自毛埼《しものさき》。〔秋鹿《あきか》と楯縫《たてぬひ》との二《ふたつ》の郡《こほり》の堺《さかひ》なり。崔嵬《さが》し。松《まつ》・栢《かへ》蕃《しげ》る時《とき》には、即《すなは》ち晨風《はやぶさ》の栖《す》有《あ》
り。〕佐香浜《さかのはま》。広《ひろ》さ
494 五十歩《あし》なり。己自都浜《こじつのはま》。広《ひろ》さ九十二歩《あし》なり。御津島《みつのしま》。〔紫菜《むらさきのり》生《お》ふ。〕御津《みつの》
495 浜《はま》。広《ひろ》さ卅八歩《あし》なり。能呂志島《のろしじま》。〔紫菜《むらさきのり》生《お》ふ。〕能呂志浜《のろしのはま》。広《ひろ》さ八歩《あし》なり。鎌《かま》
496 間浜《まのはま》。広《ひろ》さ一百歩《あし》なり。彌豆堆《みづのきし》。長《なが》さ　里《＊ひとさと》二百歩《あし》、広《ひろ》さ一里《さと》なり。〔周《めぐ》り嵯峨《さが》し。上《うへ》に
497 松《まつ》・菜《な》・芋《いへついも》有《あ》り。〕許豆島《こづしま》。〔紫菜《むらさきのり》生《お》ふ。〕許豆浜《こづのはま》。広《ひろ》さ一百歩《あし》なり。〔出雲《いづも》と楯縫《たてぬひ》との二《ふたつ》の郡《こほり》の堺《さかひ》な
り。〕
498 凡《おほよ》そ、北海《きたのうみ》に在《あ》る雑物《くさぐさのもの》は、秋鹿郡《あきかのこほり》に説《と》ける如《ごと》し。但《ただ》し、紫菜《むらさきのり》は、楯縫郡《たてぬひのこほり》、

尤《もと》も優《まさ》れり。

（七）　楯縫郡通道

通道《かよひぢ》。秋鹿郡《あきかのこほり》との堺《さかひ》なる伊農川《いのかは》には、八里《さと》二百六十四歩《あし》なり。出雲《いづもの》郡《こほり》との堺《さかひ》なる宇加川《うかがは》には、七里《さと》一百六十歩《あし》なり。

（八）　楯縫郡郡司

郡司《ぐんし》主帳《しゆちやう》无位《むゐ》物部臣《もののべのおみ》

大領《だいりやう》外従七位下《ぐゑじゆしちゐのげ》勲十二等《くんじふにとう》出雲臣《いづものおみ》

少領《せうりやう》外正六位下《ぐゑしやうろくゐのげ》勲十二等《くんじふにとう》高善史《たかよしのふびと》

Ⅵ　出雲郡

（一）　出雲郡総記

出雲郡《いづものこほり》

合《あは》せて、郷《さと》は捌《やつ》、〔里《こざと》は廾二。〕神戸《かむべ》は壱《ひとつ》なり。〔里《こざと》あり。〕

健部郷《たけるべのさと》。今《いま》も前《さき》に依《よ》りて用《もち》ゐる。

漆沼郷《しつぬのさと》。本《もと》の字《まな》は「志刀沼《しつぬ》」なり。

河内郷《かふちのさと》。今《いま》も前《さき》に依《よ》りて用《もち》ゐる。

出雲郷《いづものさと》。今《いま》も前《さき》に依《よ》りて用《もち》ゐる。

杵築郷《きづきのさと》。本《もと》の字《まな》は「寸付《きづき》」なり。

伊努郷《いののさと》。本《もと》の字《まな》は「伊農《いの》」なり。

美談郷《みたみのさと》。本《もと》の字《まな》は「三太三《みたみ》」なり。以上《これよりかみ》の漆《ななつ》は郷別《さとごと》に里参《こざとみつ》なり。

宇賀郷《うかのさと》。今《いま》も前《さき》に依《よ》りて用《もち》ゐる。里《こざと》は弐《ふたつ》なり。

神戸郷《かむべのさと》。里《こざと》は二《ふたつ》なり。

（二）出雲郡郡郷名

出雲《いづも》と号《なづ》くる所以《ゆゑ》は、名《な》を説《と》くこと、国《くに》の如《ごと》し。

健部郷《たけるべのさと》。郡家《ぐんけ》の正東《まひむがし》一十二里《さと》二百卅四歩《あし》なり。先《さき》に宇《う》夜里《やのさと》と号《なづ》けし所以《ゆゑ》は、宇夜都弁命《うやつべのみこと》、其《そ》の山《やま》の峰《みね》に天降《あまくだ》り坐《ま》しき。即《すなは》ち、彼《そ》の神《かみ》の社《やしろ》の主《ぬし》、今《いま》も猶此処《なほここ》に坐《いま》す。故《かれ》、宇夜里《うやのさと》と云《い》ひき。而《しか》して後《のち》に、改《あらた》めて健部《たけるべ》と号《なづ》くる所以《ゆゑ》は、纏向檜代宮《まきむくのひしろのみや》に御宇《あめのしたをさめたまひし》天皇《すめらみこと》、勅《の》りたまひしく、「朕《あ》が御《み》子《こ》、倭健命《やまとたけるのみこと》の御名《みな》を忘《わす》れじ」とのりたまひて、健部《たけるべ》を定《さだ》め給《たま》ひき。爾時《そのとき》に、神門臣古《かむとのおみこ》禰《み》を健部《たけるべ》に定《さだ》め給《たま》ひき。即《すなは》ち、健部臣等《たけるべのおみたち》、古《いにしへ》より今《いま》に至《いた》るまで、猶此《なほこ》の巡処《あたり》に居《を》り。故《かれ》、健部《たけるべ》と云《い》ふ。

漆沼郷《しつぬのさと》。郡家《ぐんけ》の正東《まひむがし》三百七十歩《あし》なり。神魂命《かむむすひのみこと》の御子《みこ》、天《あま》

525 津枳値可美高日子命《つきちかみたかひこのみこと》の御名《みな》を、又《また》、薦枕志都沼《こもまくらしつぬ》
526 値《ち》と云《い》ひき。此《こ》の神《かみ》、郷《さと》の中《うち》に坐《いま》す。故《かれ》、志刀沼《しつぬ》と云《い》ふ。〔神亀三年《じんくゐさむねん》、字《まな》を「漆沼《しつぬ》」と改《あらた》む。〕即《すなは》ち正倉《みやけ》有《あ》
り。
527 河内郷《かふちのさと》。郡家《ぐんけ》の正南《まみなみ》二百九十七歩《あし》なり。斐伊大河《ひのおほかは》、野《の》と郷《さと》との
528 中《うち》を北《きた》に流《なが》る。故《かれ》、河内《かふち》と云《い》ふ。即《すなは》ち偃《つつみ》有《あ》り。長《なが》さ一百七十丈《つゑ》五尺《さか》なり。〔七十一丈《つゑ》の
529 広《ひろ》さは七丈《つゑ》、九十伍丈《つゑ》の広《ひろ》さは四丈《つゑ》五尺《さか》なり。〕出雲郷《いづものさと》。即《すなは》ち郡家《ぐんけ》に属《つ》けり。〔名《な》を説《と》くこと、国《くに》の如《ごと》し。〕
530 杵築郷《きづきのさと》。郡家《ぐんけ》の西北《にしきた》廾八里《さと》六十歩《あし》なり。八束水臣津野《やつかみづおみつの》
531 命《みこと》の国引《くにひ》き給《たま》ひし後《のち》に、天下造《あめのしたつく》らしし大神《おほかみ》の宮《みや》を奉《たてまつ》らむとし
532 て、諸《もろもろ》の皇神等《すめがみたち》、宮処《みやところ》に参集《まゐつど》ひて、杵築《きづ》きたまひき。故《かれ》、寸付《きづき》と云《い》ふ。〔神亀三年《じんくゐさむねん》、
533 字《まな》を「杵築《きづき》」と改《あらた》む。〕
534 伊努郷《いののさと》。郡家《ぐんけ》の正北《まきた》八里《さと》七十二歩《あし》なり。国引《くにひ》き坐《ま》しし意美《おみ》
535 豆努命《づののみこと》の御子《みこ》、赤衾伊努意保須美比古佐委《あかふすまいのおほすみひこさわ》
536 気能命《けのみこと》の社《やしろ》、即《すなは》ち郷《さと》の中《うち》に坐《ま》す。故《かれ》、*伊努《いの》と云《い》ふ。〔神亀三年《じんくゐさむねん》、字《まな》を「伊努《いの》」と改《あらた》む。〕
537 美談郷《みたみのさと》。郡家《ぐんけ》の正北《まきた》九里《さと》二百四十歩《あし》なり。天下造《あめのしたつく》らしし
538 大神《おほかみ》の御子《みこ》、和加布都努志命《わかふつぬしのみこと》、天地初《あめつちはじ》めて判《わか》れし後《のち》に、天《あめ》の
539 御領田《みた》の長《をさ》に供奉《つかへまつ》り坐《ま》しき。即《すなは》ち、彼《そ》の神《かみ》、郷《さと》の中《うち》に坐《いま》す。故《かれ》、
540 三太三《みたみ》と云《い》ふ。〔神亀三年《じんくゐさむねん》、字《まな》を「美談《みたみ》」と改《あらた》む。〕即《すなは》ち正倉《みやけ》有《あ》り。宇賀郷《うかのさと》。郡家《ぐんけ》の正北《まきた》
541 一十七里《さと》二十五歩《あし》なり。天下造《あめのしたつく》らしし大神命《おほかみのみこと》、神魂《かむむすひの》

命《みこと》の御子《みこ》、綾門日女命《あやとひめのみこと》を誹《そし》り坐《ま》しき。爾時《そのとき》に、女神《ひめがみ》肯《かへ》ずして逃《に》げ隠《かく》ります時《とき》に、大神《おほかみ》伺《うかか》ひ求《もと》め給《たま》ひし所《ところ》、此《こ》れ是《こ》の郷《さと》なり。故《かれ》、宇賀《うか》と云《い》ふ。即《すなは》ち、北《きたの》海《うみ》の浜《はま》に礒《いそ》有《あ》り。脳礒《なづきのいそ》と名《な》づく。高《たか》さ一丈許《つゑばかり》なり。上《うへ》に坐《ゐ》る松《まつ》、藝《しげ》りて礒《いそ》に至《いた》る。里人《さとびと》の朝夕《あさよひ》に往来《かよ》へる如《ごと》し。又《また》、木《き》の枝《えだ》は人《ひと》の攀《よ》ぢ引《ひ》ける如《ごと》し。礒《いそ》より西《にし》の方《かた》に窟戸《いはやと》あり。高《たか》さと広《ひろ》さと各《おのもおのも》六尺許《さかばかり》なり。窟《いはや》の内《うち》に穴《あな》在《あ》り。人《ひと》入《い》ること得《え》ずして、深《ふか》き浅《あさ》きを知《し》らず。夢《いめ》に此《こ》の礒《いそ》の窟《いはや》の辺《ほとり》に至《いた》らば、必《かなら》ず死《し》ぬ。故《かれ》、俗人《くにひと》古《いにしへ》より今《いま》に至《いた》るまで、土《ここ》を「黄泉《よみ》の坂《さか》、黄泉《よみ》の穴《あな》」と号《なづ》く。神戸郷《かむべのさと》。郡《ぐん》家《け》の西北《にしきた》二里《さと》一百廿歩《あし》なり。〔出雲《いづも》なり。名《な》を説《と》くこと、意宇郡《おうのこほり》の如《ごと》し。〕

（三）　出雲郡寺社

新造院一所《しんざうゐんひとところ》。内郷《かふちのさと》の中《うち》に有《あ》り。厳堂《ごむだう》を建立《た》つ。郡家《ぐんけ》の正《ま》南《みなみ》三里《さと》一百歩《あし》なり。旧《もと》の大領《だいりやう》日置部臣布彌《ひおきべのおみふみ》が造《つく》る所《ところ》なり。〔今《いま》の大領《だいりやう》佐宜麿《さげまろ》が祖父《おほぢ》なり。〕

杵築大社《きづきのおほやしろ》　御魂社《みたまのやしろ》　御向社《みむかひのやしろ》　出雲社《いづものやしろ》
御魂社《みたまのやしろ》　伊努社《いののやしろ》　意保美社《おほみのやしろ》　*曽岐乃夜社《そきのやのやしろ》
牟久社《むくのやしろ》　富伎乃夜社《ほきのやのやしろ》　阿受伎社《あずきのやしろ》　美佐伎社《みさきのやしろ》
伊奈佐乃社《いなさのやしろ》　彌太彌社《みたみのやしろ》　阿我多社《あがたのやしろ》　伊波社《いはのやしろ》
阿具社《あぐのやしろ》　都牟自社《つむじのやしろ》　久佐加社《くさかのやしろ》　故努婆社《このばのやしろ》

阿受枳社《あずきのやしろ》　宇加社《うかのやしろ》　同《おな》じき阿受枳社《あずきのやしろ》　布世社《ふせのやしろ》
神代社《かむしろのやしろ》　加毛利社《かもりのやしろ》　来坂社《くさかのやしろ》　伊農社《いののやしろ》
同社《おなじきやしろ》　同社《おなじきやしろ》　鳥屎社《とくそのやしろ》　御井社《みゐのやしろ》
企豆伎社《きづきのやしろ》　同社《おなじきやしろ》　同社《おなじきやしろ》　同社《おなじきやしろ》
同社《おなじきやしろ》　同社《おなじきやしろ》　阿受枳社《あずきのやしろ》　同社《おなじきやしろ》
同社《おなじきやしろ》　同社《おなじきやしろ》　同社《おなじきやしろ》　同社《おなじきやしろ》
同社《おなじきやしろ》　同社《おなじきやしろ》　同社《おなじきやしろ》　来坂社《くさかのやしろ》
伊努社《いののやしろ》　同社《おなじきやしろ》　同社《おなじきやしろ》　彌陀彌社《みたみのやしろ》
県社《あがたのやしろ》　斐提社《ひでのやしろ》　韓銍社《からかまのやしろ》　加佐伽社《かさかのやしろ》
伊自美社《いじみのやしろ》　波彌社《はみのやしろ》　立虫社《たちむしのやしろ》〔已上《これよりかみ》の五十八所《ところ》は、幷《なら》びに神祇官《じんぎくわん》に在《あ》り。〕
御前社《みさきのやしろ》　同《おな》じき御埼社《みさきのやしろ》　支豆支社《きづきのやしろ》　阿受支社《あずきのやしろ》
同《おな》じき阿受支社《あずきのやしろ》　同社《おなじきやしろ》　同《おな》じき阿受支社《あずきのやしろ》　同《おな》じき阿受支社《あずきのやしろ》
同社《おなじきやしろ》　同社《おなじきやしろ》　同社《おなじきやしろ》　同社《おなじきやしろ》
同社《おなじきやしろ》　同社《おなじきやしろ》　同社《おなじきやしろ》　同社《おなじきやしろ》
同社《おなじきやしろ》　同社《おなじきやしろ》　同社《おなじきやしろ》　同社《おなじきやしろ》
同社《おなじきやしろ》　同社《おなじきやしろ》　同社《おなじきやしろ》　同社《おなじきやしろ》
同社《おなじきやしろ》　同社《おなじきやしろ》　同社《おなじきやしろ》　同社《おなじきやしろ》
同社《おなじきやしろ》　同社《おなじきやしろ》　同社《おなじきやしろ》　同《おな》じき伊努社《いののやしろ》

同《おな》じき伊努社《いののやしろ》　同社《おなじきやしろ》　県社《あがたのやしろ》　彌陀彌社《みたみのやしろ》
同《おな》じき彌陀彌社《みたみのやしろ》　同社《おなじきやしろ》　同社《おなじきやしろ》　同社《おなじきやしろ》
同社《おなじきやしろ》　同社《おなじきやしろ》　同社《おなじきやしろ》　同社《おなじきやしろ》
同社《おなじきやしろ》　同社《おなじきやしろ》　伊爾波社《いにはのやしろ》　都弁自社《つへじのやしろ》
同社《おなじきやしろ》　彌努波社《みのはのやしろ》　山辺社《やまへのやしろ》　同社《おなじきやしろ》
同社《おなじきやしろ》　間野社《まののやしろ》　布西社《ふせのやしろ》　*波如社《はねのやしろ》
佐支多社《さきたのやしろ》　支比佐社《きひさのやしろ》　神代社《かむしろのやしろ》　同社《おなじきやしろ》
百枝《ももえの》 *槐社《ゑにすのやしろ》〔已上《これよりかみ》の六十四所《ところ》は、并《なら》びに神祇官《じんぎくわん》に在《あ》らず。〕

（四）出雲郡山野

神名火山《かむなびやま》。郡家《ぐんけ》の東南《ひむがしみなみ》三里《さと》一百五十歩《あし》なり。高《たか》さ一百七十五丈《つゑ》、周《めぐ》り一十五里《さと》六十歩《あし》なり。曽支能夜社《そきのやのやしろ》に坐《いま》す、伎《き》比佐加美高日子命《ひさかみたかひこのみこと》の社《やしろ》、即《すなは》ち此《こ》の山《やま》の嶺《みね》に在《あ》り。故《かれ》、神名火《かむなび》山《やま》と云《い》ふ。出雲《いづも》の御崎山《みさきやま》。郡家《ぐんけ》の正北《まきた》七里《さと》三百六十歩《あし》なり。高《たか》さ三百六十丈《つゑ》、周《めぐ》り九十六里《さと》一百六十五歩《あし》なり。西《にし》の下《ふもと》に謂《い》はゆる天下造《あめのしたつく》らしし大神《おほかみ》の社《やしろ》坐《ま》す。諸《もろもろ》の山野《やまの》に在《あ》る草木《くさき》は、卑解《ところ》・百《ほ》部根《とづら》・女委《ゑみくさ》・夜干《からすあふぎ》・商陸《いをすき》・独活《つちたら》・葛根《くずのね》・薇《わらび》、藤《ふぢ》・李《すもも》・蜀《なる》椒《はじかみ》・楡《にれ》・赤桐《あかぎり》・白桐《あをぎり》・椎《しひ》・椿《つばき》・松《まつ》・栢《かへ》なり。禽獣《とりけだもの》には、晨風《はやぶさ》・鳩《はと》・山《やま》

592 鶏《どり》・鵠《くくひ》・鶫《つぐみ》、猪《ゐ》・鹿《しか》・狼《おほかみ》・兎《うさぎ》・狐《きつね》・獼猴《さる》・飛鼠《むささび》有《あ》り。

（五） 出雲郡河川

593 出雲大川《いづものおほかは》。源《みなもと》は伯耆《ははき》と出雲《いづも》との二《ふたつ》の国《くに》の堺《さかひ》なる鳥上山《とりかみやま》より流《なが》れて、
594 仁多郡横田村《にたのこほりよこたのむら》に出《い》づ。即《すなは》ち、横田《よこた》・三処《みところ》・三沢《みさは》・布勢《ふせ》等の四《よ》つの郷《さと》を経《へ》て、
595 大原郡《おほはらのこほり》との堺《さかひ》なる引沼村《ひきぬのむら》に出《い》づ。即《すなは》ち、来次《きすき》・斐伊《ひ》・屋代《やしろ》・神原《かむはら》等の
596 四《よ》つの郷《さと》を経《へ》て、出雲郡《いづものこほり》との堺《さかひ》なる多義村《たげのむら》に出《い》づ。河内《かふち》・出雲《いづも》の二《ふたつ》の郷《さと》を経《へ》て、北《きた》に流《なが》れ、
597 更《さら》に折《を》れて西《にし》に流《なが》る。即《すなは》ち、伊努《いの》・杵築《きづき》の二《ふたつ》の郷《さと》を経《へ》て、神門水海《かむとのみづうみ》に入《い》る。此《こ》れ
598 謂《い》はゆる斐伊河《ひのかは》の下《しも》なり。河《かは》の両辺《ふたはた》は、或《ある》は土地《つち》農渡《こえわた》り、土穀《はたつもの》・
599 桑麻《くはあさ》、*穎《かび》・枝《えだ》に稔《みの》りて、百姓《おほみたから》の膏腴《ゆたか》なる薗《その》なり。或《ある》は土体《つち》洒淬《さむ》くして、草《くさ》
600 木《き》叢《む》れ生《お》ひたり。則《すなは》ち、年魚《あゆ》・鮭《さけ》・麻須《ます》・伊具比《いぐひ》・魴《をしきいを》・鱧《むなぎ》等《ら》の
601 類《たぐひ》ありて、潭湍《ふちせ》に双《なら》び泳《およ》げり。河口《かはのくち》より河上《かはかみ》の横田村《よこたのむら》に至《いた》る間《あひだ》の五《いつつ》の郡《こほり》の百姓《おほみたから》は、
602 河《かは》に便《たよ》りて居《を》り。〔出雲《いづも》・神門《かむと》・飯石《いひし》・仁多《にた》・大原《おほはら》の郡《こほり》なり。〕
603 孟春《むつき》より起《はじ》めて季春《やよひ》に至《いた》るまで、材木《くれ》を挍《なら》べたる船《ふね》、河《かは》の中《なか》を沿泝《くだ》れり。意保美《おほみ》
604 小河《をがは》。源《みなもと》は出雲《いづも》の御崎山《みさきやま》より出《い》で、北《きた》に流《なが》れて大海《おほうみ》に入《い》る。〔年魚《あゆ》少々《すこ》しく有《あ》り。〕

（六） 出雲郡池・浜・島

605 土負池《つちおひのいけ》。周《めぐ》り二百卌歩《あし》なり。須々比池《すすひのいけ》。周《めぐ》り二百五十歩《あし》なり。西門《にしかどの》

江《え》。周《めぐ》り三里《さと》一百五十八歩《あし》なり。東《ひむがし》に流《なが》れて入海《いりうみ》に入《い》る。〔鮒《ふな》有《あ》り。〕大方江《おほかたのえ》。周《めぐ》り二百卌四歩《あし》なり。東《ひむがし》に流《なが》れて入海《いりうみ》に入《い》る。〔鮒《ふな》有《あ》り。〕二《ふたつ》の江《え》の源《みなもと》は、並《なら》びに田《た》の水《みづ》の集《あつ》まる所《ところ》なり。東《ひむがし》は入海《いりうみ》なり。三《みつ》の方《かた》は並《なら》びに平原《はら》遼遠《はるか》なり。多《さは》に鶫《つぐみ》・鳩《はと》・鳧《たかべ》・鴨《かも》・鴛鴦《をし》等《ら》の族《たぐひ》有《あ》り。

東《ひむがし》の入海《いりうみ》に在《あ》る雑物《くさぐさのもの》は、秋鹿《あきか》に説《と》ける如《ごと》し。北《きた》は大海《おほうみ》なり。宮松埼《みやまつのさき》。〔楯縫《たてぬひ》と出雲《いづも》との郡《こほり》の堺《さかひ》に有《あ》り。〕意保美浜《おほみのはま》。広《ひろ》さ二里《さと》一百廿歩《あし》なり。気多島《けたしま》。〔紫菜《むらさきのり》・海松《みる》生《お》ふ。鮑《あはび》・螺《さざえ》・蕀甲蠃《うに》有《あ》り。〕井呑浜《ゐのみのはま》。広《ひろ》さ卌二歩《あし》なり。辛大保浜《からたほのはま》。広《ひろ》さ卅五歩《あし》なり。大前島《おほさきじま》。高《たか》さ一丈《つゑ》、周《めぐ》り二百五十五歩《あし》なり。〔海藻《め》生《お》ふ。〕脳島《なづきしま》。〔紫菜《むらさきのり》・海藻《め》生《お》ふ。松《まつ》・栢《かへ》あり。〕鷺浜《さぎのはま》。広《ひろ》さ二百歩《あし》なり。里島《さとしま》。〔紫藻《むらさきのり》生《お》ふ。〕手結浜《たゆひのはま》。広《ひろ》さ廿歩《あし》なり。爾比埼《にひのさき》。長《なが》さ一里《さと》卌歩、広《ひろ》さ廿歩《あし》なり。埼《さき》の南《みなみ》の本《もと》には、東西《ひむがしにし》に戸《と》を通《とほ》る船《ふね》、猶《なほ》往来《かよ》ふ。上《うへ》には松《まつ》叢《む》れ生《お》ひたり。宇礼保浦《うれほのうら》。広《ひろ》さ七十八歩《あし》なり。〔船《ふね》廿《はたち》許《ばかり》泊《は》つべし。〕山崎《やまさき》。高《たか》さ卅九丈《つゑ》、周《めぐ》り一里《さと》二百五十歩《あし》なり。〔椎《しひ》・楠《くすのき》・椿《つばき》・松《まつ》有《あ》り。〕子負島《こおひしま》。礒《いそ》なり。大椅浜《おほはしのはま》。広《ひろ》さ一百五十歩《あし》なり。御前浜《みさきのはま》。広《ひろ》さ一百廿歩《あし》なり。〔百姓《おほみたから》の家《いへ》有《あ》り。〕御厳島《みつきじま》。〔海藻《め》生《お》ふ。〕御厨家《みくりや》島《じま》。高《たか》さ四丈《つゑ》、周《めぐ》り廿歩《あし》なり。〔松《まつ》有《あ》り。〕等々島《とどしま》。〔蛤貝《うむき》・石花《せ》有《あ》り。〕径聞埼《みちききのさき》。長《なが》さ三十歩《あし》、広《ひろ》さ三十二歩《あし》なり。〔松《まつ》有《あ》り。〕意能保浜《おのほのはま》。広《ひろ》さ一十八歩《あし》なり。栗島《くりしま》。〔海藻《め》生《お》ふ。〕里島《さとしま》。〔海藻《め》生《お》ふ。〕這田浜《はふたのはま》。広《ひろ》さ一百歩《あし》なり。二俣浜《ふたまたのはま》。広《ひろ》さ九十八歩《あし》なり。門《かど》石島《いしじま》。高《たか》さ五丈《つゑ》、周《めぐ》り四十二歩《あし》なり。〔鷲《わし》の栖《す》有《あ》り。〕薗《その》。長《なが》さ三里《さと》一百歩《あし》、広《ひろ》さ一里《さと》二百歩《あし》なり。松《まつ》繁《しげ》多れり。即《すなは》ち、神門水海《かむとのみづうみ》より大海《おほうみ》に通《とほ》る潮《みなと》は、長《なが》さ三里《さと》、広《ひろ》さ一百二十歩《あし》なり。此《こ》は出雲《いづも》と神門《かむと》と二《ふたつ》の郡《こほり》の堺《さかひ》なり。凡《おほよ》そ、北海《きたのうみ》に在《あ》る雑物《くさぐさのもの》は、楯縫郡《たてぬひのこほり》に説《と》ける如《ごと》し。但《ただ》し、鮑《あはび》は出雲郡《いづものこほり》尤《もと》も優《まさ》れり。捕《と》る者《ひと》は、謂《い》はゆる御《み》埼《さきの》海子《あま》、是《これ》なり。

（七）出雲郡通道

通道《かよひぢ》。意宇郡《おうのこほり》との堺《さかひ》なる佐雑村《ささふのむら》に通《ゆ》くこと、一十三里《さと》六十四歩《あし》なり。神門《かむとの》郡《こほり》の堺《さかひ》なる出雲大河《いづものおほかは》の辺《へ》に通《ゆ》くこと、二里《さと》六十歩《あし》なり。大原郡《おほはらのこほり》との堺《さかひ》なる多義村《たげのむら》に通《ゆ》くこと、一十五里《さと》卅八歩《あし》なり。楯縫郡《たてぬひのこほり》との堺《さかひ》なる宇加川《うかがは》に通《ゆ》くこと、一十四里《さと》二百卅歩《あし》なり。

（八）出雲郡郡司

郡司《ぐんし》主帳《しゆちやう》 无位《むゐ》若倭部臣《わかやまとべのおみ》
大領《だいりやう》外正八位下《ぐゑしやうはちゐのげ》日置部臣《ひおきべのおみ》
少領《せうりやう》外従八位下《ぐゑじゆはちゐのげ》大臣《おほのおみ》
主政《しゆしやう》外大初位下《ぐゑだいそゐのげ》部臣《とものおみ》

Ⅶ　神門郡

（一）　神門郡総記

神門郡《かむとのこほり》
合《あは》せて、郷《さと》は捌《やつ》、〔里《こざと》は廾二。〕余戸《あまりべ》は壱《ひとつ》、駅《うまや》は弐《ふたつ》、神戸《かむべ》は壱《ひとつ》なり。
朝山郷《あさやまのさと》。今《いま》も前《さき》に依《よ》りて用《もち》ゐる。里《こざと》は弐《ふたつ》なり。
日置郷《ひおきのさと》。今《いま》も前《さき》に依《よ》りて用《もち》ゐる。里《こざと》は参《みつ》なり。
塩冶郷《やむやのさと》。本《もと》の字《まな》は「止屋《やむや》」なり。里《こざと》は参《みつ》なり。
八野郷《やののさと》。今《いま》も前《さき》に依《よ》りて用《もち》ゐる。里《こざと》は参《みつ》なり。
高峰郷《たかきしのさと》。今《いま》の字《まな》は「高峰《たかきし》」なり。里《こざと》は参《みつ》なり。
古志郷《こしのさと》。今《いま》も前《さき》に依《よ》りて用《もち》ゐる。里《こざと》は参《みつ》なり。
滑狭郷《なめさのさと》。今《いま》も前《さき》に依《よ》りて用《もち》ゐる。里《こざと》は弐《ふたつ》なり。
多伎郷《たきのさと》。本《もと》の字《まな》は「多吉《たき》」なり。里《こざと》は参《みつ》なり。
余戸里《あまりべのさと》。
狭結駅《さゆふのうまや》。本《もと》の字《まな》は「*最邑《さよふ》」なり。
多伎駅《たきのうまや》。本《もと》の字《まな》は「多吉《たき》」なり。
神戸里《かむべのさと》。

（二）神門郡郡郷名

神門《かむと》と号《なづ》くる所以《ゆゑ》は、神門臣伊加曽然《かむとのおみいかそね》の時《とき》に、神門《かむと》負《お》ひき。故《かれ》、神門《かむと》と云《い》ふ。即《すなは》ち、神門臣等《かむとのおみたち》、古《いにしへ》より至《いまにいた》るまで常《つね》に此処《ここ》に居《す》めり。故《かれ》、神門《かむと》と云《い》ふ。朝山郷《あさやまのさと》。郡家《ぐんけ》の東南《ひむがしみなみ》五里《さと》五十六歩《あし》なり。神魂命《かむむすひのみこと》の御子《みこ》、真《ま》玉著玉《たまつくたま》之《の》邑《むら》日女命《ひめのみこと》坐《いま》しき。爾時《そのとき》に、天下造《あめのしたつく》らしし大神大穴持命《おほかみおほあなもちのみこと》、娶《あ》ひ給《たま》ひて、朝毎《あさごと》に通《かよ》ひ坐《ま》しき。故《かれ》、朝山《あさやま》と云《い》ふ。

日置郷《ひおきのさと》。郡家《ぐんけ》の正東《まひむがし》四里《さと》なり。志《し》紀《き》島宮《しまのみやに》御宇《あめのしたをさめたまひし》天皇《すめらみこと》の御世《みよ》に、日置伴部《ひおきのともべ》等《ら》遣《つかは》され来《き》て、宿停《とど》まりて政為《まつりごとせ》し所《ところ》なり。故《かれ》、日置《ひおき》と云《い》ふ。塩冶郷《やむやのさと》。郡家《ぐんけ》の東北《ひむがしきた》六里《さと》なり。阿《あ》遅《ぢ》須《す》枳《き》高日子命《たかひこのみこと》の御子《みこ》、塩冶毘古能命《やむやびこのみこと》坐《いま》す。故《かれ》、止屋《やむや》と云《い》ふ。〔神亀三年《じんくゐさむねん》、字《まな》を「塩冶《やむや》」と改《あらた》む。〕

八野郷《やののさと》。郡家《ぐんけ》の正北《まきた》三里《さと》二百一十五歩《あし》なり。須佐能袁命《すさのをのみこと》の御子《みこ》、八野若日女命《やののわかひめのみこと》坐《いま》しき。爾時《そのとき》に、天下造《あめのしたつく》らしし大神大穴持命《おほかみおほあなもちのみこと》、娶《あ》ひ給《たま》はむとして、屋《や》を造《つく》らしめ給《たま》ひき。故《かれ》、八野《やの》と云《い》ふ。

高岸郷《たかきしのさと》。郡家《ぐんけ》の東北《ひむがしきた》二里《さと》なり。天下造《あめのしたつく》らしし大神《おほかみ》の御子《みこ》、阿《あ》遅須枳《ぢすき》高日子命《たかひこのみこと》、甚《いた》く昼夜哭《ひるよるな》き坐《ま》しき。仍《よ》りて、其処《そこ》に高屋《たかや》を造《つく》りて、坐《ま》せたまひき。即《すなは》ち、高椅《たかはし》を建《た》て、登《のぼ》り降《くだ》りて養《ひた》し奉《まつ》りき。故《かれ》、高岸《たかきし》と云《い》ふ。〔神亀三年《じんくゐさむねん》、字《まな》を「高峰《たかきし》」と改《あらた》む。〕　古志郷《こしのさと》。即《すなは》ち、郡家《ぐんけ》に属《つ》けり。伊幣彌命《いへみのみこと》の時《とき》に、日淵川《ひふちかは》を以《もち》て池《いけ》を築造《つく》りき。爾時《そのとき》に、古志国等《こしのくにら》、到来《きた》りて堤《つつみ》を為《つく》りき。即《すなは》ち、宿《やど》り居《を》りし所《ところ》なり。故《かれ》、古志《こし》と云《い》ふ。

滑狭郷《なめさのさと》。郡家《ぐんけ》の南西《みなみにし》八里《さと》なり。須佐能袁命《すさのをのみこと》の御子《みこ》、和加《わか》須世理比売命《すせりひめのみこと》坐《いま》しき。爾時《そのとき》に、天下造《あめのしたつく》らしし大神命《おほかみのみこと》娶《あ》ひて通《かよ》ひ坐《ま》しし時《とき》に、彼《そ》の社《やしろ》の前《まへ》に盤石《いはあ》有り。其《そ》の上甚滑《うへいとなめ》らかなり。即《すなは》ち、詔《の》りたまひしく、「滑盤石《なめしは》なるかも」と詔《の》りたまひき。故《かれ》、南佐《なめさ》と云《い》ふ。〔神亀三年《じんくゐさむねん》、字《まな》を「滑狭《なめさ》」と改《あらた》む。〕

多伎郷《たきのさと》。郡家《ぐんけ》の南西《みなみにし》卄里《さと》なり。天下造《あめのしたつく》らしし大神《おほかみ》の御子《みこ》、阿陀加夜努志多伎吉比売命《あだかやぬしたききひめのみこと》坐《いま》す。故《かれ》、多吉《たき》と云《い》ふ。〔神亀三年《じんくゐさむねん》、字《まな》を「多伎《たき》」と改《あらた》む。〕

余戸里《あまりべのさと》。郡家《ぐんけ》の南西《みなみにし》卅六里《さと》なり。〔名《な》を説《と》くこと、意宇郡《おうのこほり》の如《ごと》し。〕

（三） 神門郡駅家

狭結駅《さゆふのうまや》。郡家《ぐんけ》と同《おな》じき処《ところ》なり。古志国《こしのくに》の佐与布《さよふ》と云《い》ふ人《ひと》、来《き》て居《す》みき。故《かれ》、*最邑《さよふ》と云《い》ふ。〔神亀三年《じんくゐさむねん》、字《まな》を「狭結《さゆふ》」と改《あらた》む。其《そ》の来《き》て居《す》みし所以《ゆゑ》は、説《と》くこと、古志郷《こしのさと》の如《ごと》し。〕

多伎駅《たきのうまや》。郡家《ぐんけ》の西南《にしみなみ》一十九里《さと》なり。〔名《な》を説《と》き、字《まな》を改《あらた》むること、*郷《さと》の如《ごと》し。〕

（四） 神門郡寺社

新造院一所《しんざうゐんひとところ》。朝山郷《あさやまのさと》の中《うち》にあり。郡家《ぐんけ》の正東《まひむがし》二里《さと》六十歩《あし》なり。

厳堂《ごむだう》を建《た》つ。神門臣《かむとのおみたち》等が造《つく》る所《ところ》なり。新造院《しんざうゐん》一所《ひとところ》。古志郷《こしのさと》の中《うち》に有《あ》り。郡家《ぐんけ》の東南《ひむがしみなみ》一里《さと》なり。刑部臣《おさかべのおみたち》等が造《つく》る所《ところ》なり。〔厳堂《ごむだう》を立《た》てず。〕

美久我社《みくがのやしろ》　*阿須理社《あすりのやしろ》　比布知社《ひふちのやしろ》　又比布知社《またひふちのやしろ》
多吉社《たきのやしろ》　夜牟夜社《やむやのやしろ》　矢野社《やののやしろ》　波加佐社《はかさのやしろ》
奈売佐社《なめさのやしろ》　知乃社《ちののやしろ》　浅山社《あさやまのやしろ》　久奈為社《くなゐのやしろ》
佐志牟社《さしむのやしろ》　多支枳社《たききのやしろ》　阿利社《ありのやしろ》　*阿如社《あねのやしろ》
国持社《くにもちのやしろ》　那売佐社《なめさのやしろ》　阿利社《ありのやしろ》　大山社《おほやまのやしろ》
保乃加社《ほのかのやしろ》　多吉社《たきのやしろ》　夜牟夜社《やむやのやしろ》　同《おな》じき夜牟夜社《やむやのやしろ》
比奈社《ひなのやしろ》〔已上《これよりかみ》の卅五所《ところ》は、并《なら》びに神祇官《じんぎくわん》に在《あ》り。〕　塩夜社《やむやのやしろ》　火守社《ひもりのやしろ》
同《おな》じき塩冶社《やむやのやしろ》　久奈子社《くなごのやしろ》　同《おな》じき久奈子社《くなごのやしろ》　加夜社《かやのやしろ》
小田社《をだのやしろ》　波加佐社《はかさのやしろ》　同《おな》じき波加佐社《はかさのやしろ》　多支社《たきのやしろ》
多支々社《たききのやしろ》　波須波社《はすはのやしろ》〔以上《これよりかみ》の十二所《ところ》は、並《なら》びに神祇官《じんぎくわん》に在《あ》らず。〕

（五）神門郡山野

田俣山《たまたやま》。郡家《ぐんけ》の正南《まみなみ》一十九里《さと》なり。〔柁《ひのき》・枌《すぎ》有《あ》り。〕長柄山《ながらやま》。郡家《ぐんけ》の東南《ひむがしみなみ》一十九里《さと》なり。〔柁《ひのき》・枌《すぎ》有《あ》り。〕吉栗山《よしくりやま》。郡家《ぐんけ》の西南《にしみなみ》廿八里《さと》なり。〔柁《ひのき》・枌《すぎ》有《あ》り。謂《い》はゆる天下造《あめのしたつく》らしし大神《おほかみ》の宮材《みやき》を造《つく》る山《やま》なり。〕*屋山《ややま》。家《みやけ》の東南《ひむがしみなみ》五里《さと》五十

六歩《あし》なり。〔大神《おほかみ》の御屋《みや》なり。〕稲積山《いなつみやま》。郡家《ぐんけ》の東南《ひむがしみなみ》五里《さと》七十六歩《あし》なり。
697 〔大神《おほかみ》の稲積《いなつみ》なり。〕陰山《かげやま》。郡家《ぐんけ》の東南《ひむがしみなみ》五里《さと》八十六歩《あし》なり。〔大神《おほかみ》の御陰《みかげ》なり。〕
698 稲山《いなやま》。郡家《ぐんけ》の正東《まひむがし》五里《さと》一百一十六歩《あし》なり。
699 〔東《ひむがし》に樹林《はやし》在《あ》り。三《みつ》の方《かた》は並《なら》びに礒《いそ》なり。大神《おほかみ》の御稲《みいね》なり。〕桙山《ほこやま》。郡家《ぐんけ》の東南《ひむがしみなみ》五里《さと》二百五十
700 六歩《あし》なり。〔南《みなみ》と西《にし》とには並《なら》びに樹林《はやし》在《あ》り。東《ひむがし》と北《きた》とは並《なら》びに礒《いそ》なり。大神《おほかみ》の御桙《みほこ》なり。〕冠山《かがふりやま》。郡家《ぐんけ》の東南《ひむがしみなみ》五里《さと》二百五十
701 六歩《あし》なり。〔大神《おほかみ》の御冠《みかがふり》なり。〕諸《もろもろ》の山野《やまの》に在《あ》る草木《くさき》は、白歛《やまかがみ》・桔梗《ありのひふき》・藍漆《やまあさ》・竜《えやみ》
702 膽《ぐさ》・商陸《いをすき》・続断《はみ》・独活《つちたら》・白芷《よろひぐさ》・秦椒《かははじかみ》・百部《ほとづら》・百合《ゆり》・巻《いは》
703 柏《くみ》・石斛《いはくすり》・升麻《とりのあしぐさ》・当帰《やまぜり》・石葦《いはかしは》・麦門冬《やますげ》・杜仲《はひまゆみ》・細《みらの》
704 辛《ねぐさ》・伏令《まつほど》・葛根《くずのね》・薇蕨《わらび》、藤《ふぢ》・李《すもも》・蜀椒《なるはじかみ》・檜《ひのき》・杉《すぎ》・榧《かへ》・
705 赤桐《あかぎり》・白《あをぎり》・椿《つばき》・槻《つき》・柘《つみ》・楡《にれ》・蘗《きはだ》・楮《かぢ》なり。禽獣《とりけだもの》には、雕《わし》・
706 鷹《たか》・晨風《はやぶさ》・鳩《はと》・山鶏《やまどり》・鶉《うづら》、*熊《くま》・狼《おほかみ》・猪《ゐ》・鹿《しか》・兎《うさぎ》・狐《きつね》・獼《さ》
707 猴《る》・飛鼯《むささび》有《あ》り。

（六）神門郡河川・池・海

708 神門川《かむとがは》。源《みなもと》は飯石郡《いひしのこほり》の琴引山《ことひきやま》より出《い》づ。北《きた》に流《なが》れ、即《すなは》ち来《き》
709 島《じま》・波多《はた》・須佐《すさ》の三《みつのさと》を経《へ》て、神門郡《かむとのこほり》余戸里《あまりべのさと》の間《ま》土村《つちのむら》に出《い》づ。

即《すなは》ち、神戸《かむべ》・朝山《あさやま》・古志《こし》等《ら》の郷《さと》を西《にし》に流《なが》れ、水海《みづうみ》に入《い》る。

則《すなは》ち、年魚《あゆ》・鮭《さけ》・麻須《ます》・伊具比《いぐひ》有《あ》り。多岐小川《たきのをがは》。源《みなもと》は郡《ぐん》家《け》の西南《にしみなみ》卅三里《さと》の多岐山《たきやま》より出《い》づ。流《なが》れて大海《おほうみ》に入《い》る。〔年魚《あゆ》有《あ》り。〕

宇加池《うかのいけ》。周《めぐ》り三里《さと》六十歩《あし》なり。来食池《きくひのいけ》。周《めぐ》り一里《さと》一百卌歩《あし》なり。〔菜《もは》有《あ》り。〕笠柄池《かさえのいけ》。周《めぐ》り一里《さと》六十歩《あし》なり。〔菜《もは》有《あ》り。〕

刺屋池《さしやのいけ》。周《めぐ》り一里《さと》なり。

水海《みづうみ》。神門水海《かむとのみづうみ》。郡家《ぐんけ》の正西《まにし》四里《さと》五十歩《あし》なり。周《めぐ》り卅五里《さと》七十四歩《あし》なり。裏《うち》には、鯔魚《なよし》・鎮仁《ちに》・須受枳《すずき》・鮒《ふな》・玄蠣《かき》有《あ》り。即《すなは》ち、水海《みづうみ》と大海《おほうみ》との間《あひだ》に山在《やまあ》り。長《なが》さ廿二里《さと》二百卌四歩《あし》、広《ひろ》さ三里《さと》なり。此《こ》は、意美豆努命《おみづののみこと》の国引《くにひ》き坐《ま》し し時《とき》の綱《つな》なり。今《いま》、俗人号《くにひとなづ》けて薗松山《そののまつやま》と云《い》ふ。地《ところ》の形体《かたち》は、壌《つち》と石《いし》と並《なら》びに無《な》し。白沙《しろすなご》のみ積上《つも》りて、即《すなは》ち松《まつ》の林《はやし》茂繁《しげ》れり。四《よ》の風《かぜ》吹《ふ》く時《とき》は、沙《すなご》飛《と》び流《なが》れて松《まつ》の林《はやし》を掩《おほ》ひ埋《うづ》む。今《いま》も年《とし》ごとに埋《うづ》みて、半《なか》ばを遺《のこ》す。恐《おそ》るらくは、遂《つひ》に埋《うづ》もり已《や》みなむか。松山《まつやま》の南《みなみ》の端《はし》なる美久我林《みくがのはやし》より、石見《いはみ》と出雲《いづも》と二《ふたつ》の国《くに》の堺《さかひ》なる中島埼《なかしまのさき》に尽《いた》る間《あひだ》は、或《ある》は平《たひら》なる浜《はま》、或《ある》は峻《さが》しき礒《いそ》なり。凡《おほよ》そ北海《きたのうみ》に在《あ》る雑物《くさぐさのもの》は、楯縫郡《たてぬひのこほり》に説《と》ける如《ごと》し。但《ただ》し、紫菜《むらさきのり》無《な》し。

（七）　神門郡通道

道《みち》は出雲郡《いづものこほり》との堺《さかひ》なる出雲河《いづもかは》の辺《へ》に通《ゆ》くこと、七里《さと》廿五歩《あし》なり。飯《いひ》石郡《しのこほり》との堺《さかひ》なる堀坂山《ほりさかやま》に通《ゆ》くこと、一十九里《さと》なり。同《おな》じき郡《こほり》との堺《さかひ》なる与曽紀村《よそきのむら》に通《ゆ》くこと、廿五里《さと》一百七十四歩《あし》なり。石見国《いはみのくに》安農郡《あののこほり》との堺《さかひ》なる多伎《たき》伎山《きやま》に通《ゆ》くこと、卅三里《さと》なり。〔路《みち》に、常《つね》に剗《せき》有《あ》り。〕同《おな》じき安農郡《あののこほり》川相郷《かはひのさと》に通《ゆ》くこと、卌六里《さと》なり。径《みち》に、常《つね》には剗《せき》有《あ》らず。但《ただ》し、政《まつりごと》有《あ》る時《とき》に当《あた》りて、権《かり》に置《お》く。

前《さき》の件《くだり》の伍《いつつ》の郡《こほり》は、並《なら》びに大海《おほうみ》の南《みなみ》なり。

（八）　神門郡郡司

郡司《ぐんし》主帳《しゆちやう》无位《むゐ》刑部臣《おさかべのおみ》
大領《だいりやう》外従《ぐゑじゆ》七位上《しちゐのじやう》勲十二等《くんじふにとう》神門臣《かむとのおみ》
擬少領《ぎせうりやう》外大初位下《ぐゑだいそゐのげ》勲十二等《くんじふにとう》刑部臣《おさかべのおみ》
主政《しゆしやう》外従八位下《ぐゑじゆはちゐのげ》勲十二等《くんじふにとう》吉備部臣《きびべのおみ》

Ⅷ 飯石郡

(一) 飯石郡総記

飯石郡《いひしのこほり》

合《あは》せて、郷《さと》は漆《ななつ》なり。里《こざと》は一十九。

熊谷郷《くまたにのさと》。今《いま》も前《さき》に依《よ》りて用《もち》ゐる。

三屋郷《みとやのさと》。今《いま》の字《まな》なり。「三刀矢《みとや》」。

飯石郷《いひしのさと》。本《もと》の字《まな》は「伊鼻郷《いびのさと》」なり。

多禰郷《たねのさと》。本《もと》の字《まな》は「種《たね》」なり。

須佐郷《すさのさと》。今《いま》も前《さき》に依《よ》りて用《もち》ゐる。以上《これよりかみ》の伍《いつつ》は、郷別《さとごと》に里《こざと》参《みつ》なり。

波多郷《はたのさと》。今《いま》も前《さき》に依《よ》りて用《もち》ゐる。

来島郷《きじまのさと》。今《いま》の字《まな》なり。「支自真《きじま》」。以上《これよりかみ》の弐《ふたつ》は、郷別《さとごと》に里《こざと》弐《ふたつ》なり。

(二) 飯石郡郡郷名

飯石《いひし》と号《なづ》くる所以《ゆゑ》は、飯石郷《いひしのさと》の中《うち》に伊毘志都幣命《いひしつべのみこと》坐《いま》す。故《かれ》、飯石《いひし》と云《い》ふ。

熊谷郷《くまたにのさと》。郡家《ぐんけ》の東北《ひむがしきた》廾六里《さと》なり。古老《ふるおきな》伝《つた》へて云《い》へらく、「久《く》志伊奈大美等与麻奴良比売命《しいなだみとよまぬらひめのみこと》、任身《はら》みて産《う》まむとする時《とき》に及《およ》びて、生《う》まむ処《ところ》を求《ま》ぎたまひき。爾時《そのとき》に、此処《ここ》に到来《きた》りて詔《の》りたまひしく、『甚《いた》くくまくましき谷《たに》在《な》り』とのりたまひき」といへり。故《かれ》、熊谷《くまたに》と云《い》ふ。　三屋郷《みとやのさと》。郡家《ぐんけ》の東《ひむがし》北《きた》廿四里《さと》なり。天下造《あめのしたつく》らしし大神《おほかみ》の御門《みと》、即《すなは》ち此処《ここ》に在《あ》り。故《かれ》、三刀矢《みとや》と云《い》ふ。〔神亀《じんくゐ》三年《さむねん》、字《まな》を「三屋《みとや》」と改《あらた》む。〕即《すなは》ち正倉有《みやけあ》り。　飯石《いひし》。郡家《ぐんけ》の正《ま》東《ひむがし》一十二里《さと》なり。伊毘志都幣命《いひしつべのみこと》、天降《あまくだ》りて坐《いま》す処《ところ》なり。故《かれ》、伊鼻志《いひし》と云《い》ふ。〔神亀三年《じんくゐさむねん》、字《まな》を「飯石《いひし》」と改《あらた》む。〕多禰郷《たねのさと》。郡家《ぐんけ》に属《つ》けり。天下造《あめのしたつく》らしし大神大穴持《おほかみおほあなもちの》命《みこと》と須久奈比古命《すくなひこのみこと》と、天下《あめのした》を巡行《めぐ》りたまひし時《とき》に、稲種《いなだね》を此処《ここ》に堕《お》としたまひき。故《かれ》、種《たね》と云《い》ふ。〔神亀三年《じんくゐさむねん》、字《まな》を「多禰《たね》」と改《あらた》む。〕須佐郷《すさのさと》。郡家《ぐんけ》の正西《まにし》一十九里《さと》なり。神《かむ》須佐能袁命《すさのをのみことの》詔《の》りたまひしく、「此《こ》の国《くに》は小《ちひ》さき国《くに》と雖《いへど》も、国処《くにどころ》在《な》り。故《かれ》、我《わ》が御《み》名《な》は、木石《きいは》に着《つ》けじ」と詔《の》りたまひて、即《すなは》ち己《おの》が命《みこと》の御魂《みたま》を鎮《しづ》め置《お》き給《たま》ひき。然《しか》して即《すなは》ち、大須佐田《おほすさだ》・小須佐田《をすさだ》を定《さだ》め給《たま》ひき。故《かれ》、須佐《すさ》と云《い》ふ。即《すなは》ち正倉有《みやけあ》り。　波多郷《はたのさと》。郡家《ぐんけ》の西南《にしみなみ》一十九里《さと》なり。波多都《はたつ》美命《みのみこと》、天降《あまくだ》りて坐《いま》す家《や》在《あ》り。故《かれ》、波多《はた》と云《い》ふ。来島郷《きじまのさと》。郡家《ぐんけ》の正南《まみなみ》卌一里《さと》なり。伎自麻都美命《きじまつみのみこと》坐《いま》す。故《かれ》、支自真《きじま》と云《い》ふ。〔神亀三年《じんくゐさむねん》、字《まな》を「来島《きじま》」と改《あらた》む。〕即《すなは》ち正倉有《みやけあ》り。

（三）　飯石郡神社

須佐社《すさのやしろ》　河辺社《かはへのやしろ》　御門屋社《みとやのやしろ》　多倍社《たへのやしろ》　飯石社《いひしのやしろ》

〔以上《これよりかみ》の五処《いつところ》は、並《なら》びに神祇官《じんぎくわん》に在《あ》り。〕狭長社《さながのやしろ》　飯石社《いひしのやしろ》　田中社《たなかのやしろ》　多加毛利社《たかもりのやしろ》

兎比社《つひのやしろ》　日倉社《ひくらのやしろ》　井草社《ゐぐさのやしろ》　深野社《ふかののやしろ》　託和社《たくわのやしろ》

上社《かみのやしろ》　葦鹿社《あしかのやしろ》　栗谷社《くりたにのやしろ》　穴見社《あなみのやしろ》

神代社《かむしろのやしろ》　志志乃村社《ししのむらのやしろ》〔以上《これよりかみ》の十六所《ところ》は、神祇官《じんぎくわん》に在《あ》らず。〕

（四）飯石郡山野

焼村山《たきむらやま》。郡家《ぐんけ》の正東《まひむがし》一里《さと》なり。穴厚山《あなつやま》。郡家《ぐんけ》の正南《まみなみ》一里《さと》なり。笑村山《のむらやま》。郡家《ぐんけ》の正西《まにし》一里《さと》なり。広瀬山《ひろせやま》。郡家《ぐんけ》の正《ま》北《きた》一里《さと》なり。琴引山《ことひきやま》。郡家《ぐんけ》の正南《まみなみ》卅五里《さと》二百歩《あし》なり。高《たか》さ三百丈《つゑ》、周《めぐ》り十一里《さと》なり。古老伝《ふるおきなつた》へて云《い》へらく、「此《こ》の山《やま》の峰《みね》に窟《いはや》有《あ》り。裏《うち》に天下造《あめのしたつく》らしし大神《おほかみ》の御琴《みこと》あり。長《なが》さ七尺《さか》、広《ひろ》さ三尺《さか》、厚《あつ》さ一尺《さか》五寸《き》なり。又《また》、石神《いしがみ》在《あ》り。高《たか》さ二丈《つゑ》、周《めぐ》り四丈尺《つゑひとさか》なり」といふ。故《かれ》、琴引山《ことひきやま》と云《い》ふ。〔塩《しほ》有《あ》り。〕

石穴山《いはなやま》。郡家《ぐんけ》の正南《まみなみ》五十八里《さと》なり。高《たか》さ五十丈《つゑ》なり。幡咋山《はたくひやま》。郡《ぐん》家《け》の正南《まみなみ》五十二里《さと》なり。〔*知欲有《あ》り。〕野見《のみ》・木見《きみ》・石次《いはすき》の三《みつ》の野《の》は、並《なら》びに郡家《ぐんけ》の南西《みなみにし》卌里《さと》なり。〔紫草《むらさき》有《あ》り。〕佐比売山《さひめやま》。郡家《ぐんけ》の正西《まにし》五十一里《さと》一百卌歩《あし》なり。〔石見《いはみ》と出雲《いづも》との二《ふたつ》の国《くに》の堺《さかひ》なり。〕堀坂山《ほりさかやま》。郡家《ぐんけ》の正西《まにし》卌一里《さと》なり。〔杉《すぎ》・松《まつ》有《あ》り。〕城恒野《きつねの》。家《みやけ》の正南《まみなみ》一十二里《さと》なり。〔紫草《むらさき》有《あ》り。〕伊我山《いがやま》。郡家《ぐんけ》の正北《まきた》一十九里《さと》二百歩《あし》なり。奈倍山《なべやま》。

郡家《ぐんけ》の東北《ひむがしきた》廿里二百歩《あし》なり。凡《おほよ》そ諸《もろもろ》の山野《やまの》に在《あ》る草木《くさき》は、卑解《ところ》・升麻《とりのあしぐさ》・当皈《＊やまぜり》・独活《つちたら》・大薊《おほあざみ》・黄精《おほゑみ》・前胡《のぜり》・署預《＊やまついも》・白朮《をけら》・女委《ゑみくさ》・細辛《みらのねぐさ》・白頭公《おきなぐさ》・白芨《かがみ》・赤前《をとをとし》・桔梗《ありのひふき》・葛根《くずのね》・秦皮《とねりこのき》・杜仲《はひまゆみ》・石斛《いはくすり》、藤《ふぢ》・李《すもも》・榲《すぎ》・赤桐《あかぎり》・椎《しひ》・楠《くすのき》・楊梅《やまもも》・槻《つき》・柘《つみ》・楡《にれ》・松《まつ》・榧《かへ》・蘗《きはだ》・楮《かぢ》なり。禽獣《とりけだもの》には、鷹《たか》・隼《はやぶさ》・山鶏《やまどり》・鳩《はと》・雉《きぎし》、熊《くま》・狼《おほかみ》・猪《ゐ》・鹿《しか》・兎《うさぎ》・獮《さる》・飛鼯《むささび》有《あ》り。

（五）飯石郡河川

三屋川《みとやがは》。源《みなもと》は郡家《ぐんけ》の正東《まひむがし》一十五里なる多加山《たかやま》より出《い》でて、北《きた》に流《なが》れて斐伊河《ひのかは》に入る。〔年魚《あゆ》有《あ》り。〕須佐川《すさがは》。源《みなもと》は郡家《ぐんけ》の正南《まみなみ》六十八里《さと》なる琴引山《ことひきやま》よりして、北《きた》に流《なが》れ、来島《きじま》・波多《はた》・須佐《すさ》等の三《みつ》の郷《さと》を経《へ》て、神門郡門立村《かむとのこほりとだてのむら》に入《い》る。此《こ》は謂《い》はゆる神門河《かむとがは》の上《かみ》なり。〔年魚《あゆ》有《あ》り。〕磐鉏川《いはすきがは》。源《みなもと》は郡家《ぐんけ》の西南《にしみなみ》七十里《さと》なる箭山《ややま》よりして、北《きた》に流《なが》れて須佐河《すさがは》に入《い》る。〔年魚《あゆ》有《あ》り。〕波多小川《はたのをがは》。源《みなもと》は郡家《ぐんけ》の西南《にしみなみ》二十四里《さと》なる志許斐山《しこひやま》よりして、北《きた》のかた須佐河《すさがは》に流《なが》る。鉄《まがね》有《あ》り。飯石小川《いひしのをがは》。源《みなもと》は郡家《ぐんけ》の正東《まひむがし》一十二里《さと》なる佐久礼山《さくれやま》よりして、北《きた》に流《なが》れて三屋川《みとやがは》に入《い》る。〔鉄《まがね》有《あ》り。〕

（六） 飯石郡通道

通道《かよひぢ》。大原郡《おほはらのこほり》との堺《さかひ》なる斐伊河《ひのかは》の辺《ほとり》に通《ゆ》くこと、廾九里《さと》一百八十歩《あし》なり。仁多郡《にたのこほり》との堺《さかひ》なる温泉河《ゆかは》の辺《ほとり》に通《ゆ》くこと、廾二里《さと》なり。神門郡《かむとのこほり》との堺《さかひ》なる与曽紀村《よそきのむら》に通《ゆ》くこと、卅八里《さと》六十歩《あし》なり。同《おな》じき郡《こほり》の堀坂山《ほりさかやま》に通《ゆ》くこと、卅一里《さと》なり。備後国《きびのみちのしりのくに》恵宗郡《ゑそのこほり》との堺《さかひ》なる荒鹿坂《あらかのさか》に通《ゆ》くこと、卅九里《さと》二百歩《あし》なり。〔径《みち》に、常《つね》に剗《せき》有《あ》り。〕通道《かよひぢ》。三次郡《みよしのこほり》との堺《さかひ》なる三坂《みさか》に通《ゆ》くこと、八十一里《さと》なり。〔径《みち》に、常《つね》に剗《せき》有《あ》り。〕波多《はた》・須佐径《すさのみち》・志都美径《しつみのみち》、以上《これよりかみ》の三径《みつみち》に、常《つね》には剗《せき》无《な》し。但《ただ》し、政《まつりごと》有《あ》る時《とき》に当《あた》りて、権《かり》に置《お》く。並《なら》びに備後国《きびのみちのしりのくに》に通《かよ》ふ。

（七） 飯石郡郡司

郡司《ぐんし》主帳《しゆちやう》 无位《むゐ》日置首《ひおきのおびと》
大領《だいりやう》外正八位下《ぐゑしやうはちゐのげ》勲十二等《くんじふにとう》大私造《おほきさきのみやつこ》
少領《せうりやう》外従八位上《ぐゑじゆはちゐのじやう》出雲臣《いづものおみ》

Ⅸ　仁多郡

（一）仁多郡総記

仁多郡《にたのこほり》

合《あは》せて、郷《さと》は肆《よつ》なり。里《こざと》は十二。

三処郷《みところのさと》。今《いま》も前《さき》に依《よ》りて用《もち》ゐる。

布勢郷《ふせのさと》。今《いま》も前《さき》に依《よ》りて用《もち》ゐる。

三津郷《みつのさと》。今《いま》も前《さき》に依《よ》りて用《もち》ゐる。

横田郷《よこたのさと》。今《いま》も前《さき》に依《よ》りて用《もち》ゐる。

（二）仁多郡郡郷名

仁多《にた》と号《なづ》くる所以《ゆゑ》は、天下造《あめのしたつく》らしし大神大穴持命《おほかみおほあなもちのみこと》詔《の》りたまひしく、「此《こ》の国《くに》は、太《おほ》きにも非《あら》ず、小《ちひ》さくも非《あら》ず。川上《かはかみ》は木《き》の穂《ほ》刺《さ》しかふ。川下《かはしも》はあしばふ這《は》ひ度《わた》れり。是《こ》はにたしき小国《をくに》なり」と詔《の》りたまひき。故《かれ》、仁多《にた》と云《い》ふ。三処郷《みところのさと》。即《すなは》ち郡家《ぐんけ》に属《つ》けり。大穴持命《おほあなもちのみこと》詔《の》りたまひしく、「此《こ》の地《ところ》、田好《たよ》し。故《かれ》、吾《あ》が御地《みところ》として古《いにしへ》より経《をさ》めたり」とのりたまひき。故《かれ》、三処《みところ》と云《い》ふ。布勢郷《ふせのさと》。郡家《ぐんけ》の正西《まにし》一十里《さと》なり。古老伝《ふるおきなつた》へて云《い》へらく、「大神命《おほかみのみこと》の宿《ふ》せ坐《ま》しし処《ところ》なり」といへり。故《かれ》、布世《ふせ》と云《い》ふ。〔神亀三年《じんくゐさむねん》、字《まな》を「布勢《ふせ》」と改《あらた》む。〕三津郷《みつのさと》。家《みやけ》の西南《にしみなみ》廾五里《さと》なり。大神大穴持命《おほかみおほあなもちのみこと》の御子《みこ》、阿遅須伎高日子命《あぢすきたかひこのみこと》、御須髪《みひげ》八握《やつか》に生《お》ふるまで昼《ひる》夜哭《よるな》き坐《ま》して、辞通《ことかよ》はずありき。爾時《そのとき》に、御祖命《みおやのみこと》、御子《みこ》を船《ふね》に乗《の》せて八十島《やそしま》を卒巡《ゐめぐ》り、うらがし給《たま》へども、猶哭《なほな》き止《や》みたまはず。大神《おほかみ》、夢《いめ》に願《ねが》ひ給《たま》はく、「御子《みこ》の哭《な》く由《よし》を告《の》りたまへ」と夢《いめ》に願《ねが》ひ坐《ま》せば、夜《よる》に夢《いめ》見《み》坐《ま》す。御子《みこ》の辞通《ことかよ》ひたれば、寤《さ》めて問《と》ひ給《たま》ふ。爾時《そのとき》、「御《み》津《つ》」と申《まを》したまふ。爾時《そのとき》に、「何処《いづく》を然云《しかい》ふ」と問《と》ひ給《たま》ふ。即《すなは》ち、御祖《みおや》の御前《みまへ》を立《た》ち去《さ》り出《い》で坐《ま》して、名川《なかは》を度《わた》り、坂《さか》の上《うへ》に至《いた》り留《とど》まりて、「是処《ここ》ぞ」と申《まを》したまふ。爾《その》時《とき》、其《そ》の津《つ》の水活《みづなが》れ出《い》でて、御身《みみ》に沐浴《あ》み坐《ま》しき。故《かれ》、国造《くにのみやつこ》、神吉事《かむよごと》奏《まを》しに朝廷《みかど》に参向《まゐむか》ふ時《とき》に、其《そ》の水《みづ》の活《なが》れ出《い》でてあるを用《もち》ゐることの初《はじめ》なり。此《これ》に依《よ》りて今《いま》、産《こうむ》婦《をみな》、彼《そ》の村《むら》の稲《いね》を食《くら》はず。若食《もしくら》ふこと有《あ》らば、生《う》まるるは已《すで》に云《ものい》はず。故《かれ》、三津《みつ》と云《い》ふ。即《すなは》ち正倉《みやけ》有《あ》り。横田郷《よこたのさと》。郡家《ぐんけ》の東南《ひむがしみなみ》廾一里《さと》なり。古老《ふるおきな》云《い》へらく、「郷《さと》の中《うち》に田《た》有《あ》りき。四段許《きだばかり》なり。形《かたち》聊《いささ》か長《なが》かりき」といへり。遂《つひ》に田《た》に依《よ》りて、故《かれ》、横田《よこた》と云《い》ふ。即《すなは》ち正倉《みやけ》有《あ》り。〔以上《これよりかみ》の諸《もろもろ》の郷《さと》に在《あ》る鉄《まがね》堅《かた》くして、尤《はなは》だ雑具《くさぐさのもの》を造《つく》るに堪《た》ふ。〕

（三） 仁多郡神社

833 ＊三沢社《みさはのやしろ》　伊我多気神《いがたけのかみ》〔以上《これよりかみ》の二所《ところ》は、並《なら》びに神祇官《じんぎくわん》に在《あ》り。〕　玉作社《たまつくりのやしろ》　須我乃非社《すがのひのやしろ》
834 湯野社《ゆののやしろ》　比太社《ひだのやしろ》　漆仁社《しつにのやしろ》　大原社《おほはらのやしろ》　＊印支斯里社《いなきしろのやしろ》
835 石壺社《いはつぼのやしろ》〔以上《これよりかみ》の八所《ところ》は、並《なら》びに神祇官《じんぎくわん》に在《あ》らず。〕

（四） 仁多郡山野

836 鳥上山《とりかみやま》。郡家《ぐんけ》の東南《ひむがしみなみ》卅五里《さと》なり。〔伯耆《ははき》と出雲《いづも》との堺《さかひ》なり。塩味葛《えびかづら》有《あ》り。〕室原山《むろはらやま》。郡家《ぐんけ》の
837 東南《ひむがしみなみ》卅六里《さと》なり。〔備後《きびのみちのしり》と出雲《いづも》との二《ふたつ》の国《くに》の堺《さかひ》なり。塩味葛《えびかづら》有《あ》り。〕灰火山《はひひやま》。郡家《ぐんけ》の東南《ひむがしみなみ》卅里《さと》なり。

838 ＊遊託山《ゆたかやま》。郡家《ぐんけ》の正南《まみなみ》卅七里《さと》なり。〔塩味葛《えびかづら》有《あ》り。〕御坂山《みさかやま》。郡家《ぐんけ》の西南《にしみなみ》五
839 十三里《さと》なり。即《すなは》ち、此《こ》の山《やま》に神《かみ》の御門《みかど》有《あ》り。故《かれ》、御坂《みさか》と云《い》ふ。〔備後《きびのみちのしり》と出雲《いづも》との堺《さかひ》なり。塩味葛《えびかづら》あり。〕
840 志努坂野《しのさかの》。家《みやけ》の西南《にしみなみ》卅一里《さと》なり。〔紫草《むらさき》少々《すこ》しく有《あ》り。〕玉峰山《たまみねやま》。郡家《ぐんけ》の東《ひむがし》
841 南《みなみ》一十里《さと》なり。古老《ふるおきな》伝《つた》へて云《い》へらく、「山《やま》の嶺《みね》に玉上神《たまかみのかみ》在《い》ます」といへり。故《かれ》、玉峰《たまみね》と云《い》ふ。
842 城紲野《きづなの》。郡家《ぐんけ》の正南《まみなみ》一十里《さと》なり。〔紫草《むらさき》少々《すこ》しく有《あ》り。〕大内野《おほうちの》。郡《ぐん》
843 家《け》の正南《まみなみ》廿二里《さと》なり。〔紫草《むらさき》少々《すこ》しく有《あ》り。〕菅火野《すがのひの》。郡家《ぐんけ》の正西《まにし》四里《さと》なり。
844 高《たか》さ一百廾五丈《つゑ》、周《めぐ》り一十里《さと》なり。〔峰《みね》に神社《かみのやしろ》有《あ》り。〕　恋山《こひやま》。郡家《ぐんけ》の正《ま》
845 南《みなみ》廿三里《さと》なり。古老《ふるおきな》伝《つた》へて云《い》へらく、「和爾《わに》、阿伊村《あいのむら》に坐《いま》す神《かみ》、玉日女《たまひめの》

命《みこと》に恋《こ》ひて上《のぼ》り到《いた》りき。爾時《そのとき》、玉日女命《たまひめのみこと》、石《いは》を以《もち》て川《かは》を塞《せ》きしかば、会《あ》ふこと得《え》ずして恋《こ》ひし所《ところ》なり」といへり。

故《かれ》、恋山《こひやま》と云《い》ふ。凡《おほよ》そ諸《もろもろ》の山野《やまの》に在《あ》る草木《くさき》は、白頭公《おきなぐさ》・藍漆《やまあさ》・高本《ささはそらし》・玄参《おしくさ》・百合《ゆり》・王不留行《かさくさ》・薺苨《さきくさな》・百部根《ほとづら》・瞿麦《なでしこ》・升麻《とりのあしぐさ》・抜葜《さるとり》・黄精《おほゑみ》・地楡《あやめたむ》・附子《おう》・狼牙《こまつなぎ》・離留《やまうまら》・石斛《いはくすり》・貫衆《おにわらび》・続断《はみ》・女委《ゑみくさ》、藤《ふぢ》・李《すもも》・檜《ひのき》・榲《すぎ》・樫《かし》・松《まつ》・栢《かへ》・栗《くり》・柘《つみ》・槻《つき》・蘗《きはだ》・楮《かぢのき》なり。禽獣《とりけだもの》には、鷹《たか》・晨風《はやぶさ》・鳩《はと》・山鶏《やまどり》・鵠《きぎし》、熊《くま》・狼《おほかみ》・猪《ゐ》・鹿《しか》・狐《きつね》・兎《うさぎ》・獼猴《さる》・飛鼺《むささび》有《あ》り。

（五）仁多郡河川

室原川《むろはらがは》。源《みなもと》は郡家《ぐんけ》の東南《ひむがしみなみ》卅五里《さと》なる鳥上山《とりかみやま》より出《い》でて、北《きた》に流《なが》る。謂《い》はゆる斐伊河《ひのかは》の上《かみ》なり。〔年魚《あゆ》少々《すこ》しく有《あ》り。〕横田川《よこたがは》。源《みなもと》は郡家《ぐんけ》の東南《ひむがしみなみ》卅六里《さと》なる室原山《むろはらやま》より出《い》でて、北《きた》に流《なが》る。此《こ》は謂《い》はゆる斐伊大河《ひのおほかは》の上《かみ》なり。〔年魚《あゆ》・麻須《ます》・魴《をしきいを》・鱧《むなぎ》等《ら》の類《たぐひ》有《あ》り。〕灰火小川《はひひのをがは》。源《みなもと》は灰火山《はひひやま》より出《い》でて、斐伊河《ひのかは》の上《かみ》に入《い》る。〔年魚《あゆ》有《あ》り。〕阿伊川《あいがは》。源《みなもと》は郡家《ぐんけ》の正南《まみなみ》卅七里《さと》なる遊託山《ゆたかやま》より出《い》で、北《きた》に流《なが》れて斐《ひの》河《かは》の上《かみ》に入《い》る。〔年魚《あゆ》・麻須《ます》有《あ》り。〕阿位川《あゐがは》。源《みなもと》は郡家《ぐんけ》の西南《にしみなみ》五十里《さと》なる御坂《みさか》山《やま》より出《い》でて、斐伊河《ひのかは》の上《かみ》に入《い》る。〔年魚《あゆ》・麻須《ます》有《あ》り。〕比太川《ひだかは》。源《みなもと》は郡家《ぐんけ》の東南《ひむがしみなみ》一十里《さと》なる玉岑山《たまみねやま》より出《い》でて、北《きた》に流《なが》る。意宇郡《おうのこほり》の野城河《のぎかは》の上《かみ》、是《これ》なり。〔年魚《あゆ》有《あ》り。〕湯《ゆ》

861 野《のの》小川《をがは》。源《みなもと》は玉岑山《たまみねやま》より出《い》で、西《にし》に流《なが》れて斐伊河《ひのかは》の上《かみ》に入《い》る。

(六) 仁多郡通道

862 通道《かよひぢ》。飯石郡《いひしのこほり》との堺《さかひ》なる漆仁川《しつにがは》の辺《ほとり》に通《ゆ》くこと、廾八里《さと》なり。即《すなは》ち、川辺《かはのへ》に
863 薬湯《くすりゆ》有《あ》り。浴々《ゆあみ》すれば身休《みやす》まり穆平《たひら》ぎ、再《ふたた》び濯《あ》むれば万《よろづ》の病《やまひ》消除《い》ゆ。男《をとこ》も
864 女《をみな》も老《お》いたるも少《わか》きも、昼夜《ひるよる》息《や》まず、駱駅《つらな》り往来《かよ》ふ。験《しるし》得《え》ずといふこと無《な》し。故《かれ》、俗《くに》
865 人号《ひとなづ》けて薬湯《くすりゆ》と云《い》ふ。〔即《すなは》ち正倉《みやけ》有《あ》り。〕大原郡《おほはらのこほり》との堺《さかひ》なる辛谷村《からたにのむら》に通《ゆ》くこと、一十
866 六里《さと》二百卅六歩《あし》なり。伯耆国日野郡《ははきのくにひののこほり》との堺《さかひ》なる阿志毘縁《あしびえ》
867 山《やま》に通《ゆ》くこと、卅五里《さと》一百五十歩《あし》なり。〔常《つね》に剗《せき》有《あ》り。〕備後国恵宗郡《きびのみちのしりのくにゑそのこほり》との堺《さかひ》なる遊《ゆ》
868 託山《たかやま》に通《ゆ》くこと、卅七里《さと》なり。〔常《つね》に剗《せき》有《あ》り。〕同《おな》じき恵宗郡《ゑそのこほり》との堺《さかひ》なる此市山《このちやま》に通《ゆ》くこと、五十
869 三里《さと》なり。〔常《つね》には剗《せき》無《な》し。但《ただ》し、政《まつりごと》有《あ》る時《とき》に当《あた》りて、権《かり》に置《お》く。〕

(七) 仁多郡郡司

870 郡司主帳《ぐんししゆちやう》 外大初位下《ぐゑだいそゐのげ》品治部《ほむぢへ》
871 大領《だいりやう》 外従八位下《ぐゑじゆはちゐのげ》 蝮部臣《たぢひべのおみ》
872 少領《せうりやう》 外従八位下《ぐゑじゆはちゐのげ》 出雲臣《いづものおみ》

X　大原郡

（一）　大原郡総記

大原　郡《おほはらのこほり》

合《あは》せて、郷《さと》は捌《やつ》なり。里《こざと》は廾四。

神原郷《かむはらのさと》。今《いま》も前《さき》に依《よ》りて用《もち》ゐる。

屋代郷《やしろのさと》。本《もと》の字《まな》は「矢代《やしろ》」なり。

屋裏郷《やぬちのさと》。本《もと》の字《まな》は「矢内《やぬち》」なり。

佐世郷《させのさと》。今《いま》も前《さき》に依《よ》りて用《もち》ゐる。

阿用郷《あよのさと》。本《もと》の字《まな》は「阿欲《あよ》」なり。

海潮郷《うしほのさと》。本《もと》の字《まな》は「得塩《うしほ》」なり。

来次郷《きすきのさと》。今《いま》も前《さき》に依《よ》りて用《もち》ゐる。

斐伊郷《ひのさと》。本《もと》の字《まな》は「樋《ひ》」なり。〔以上《これよりかみ》の別《やつ》は、郷別《さとごと》に里《こざと》参《みつ》なり。〕

（二）　大原郡郡郷名

大原《おほはら》と号《なづ》くる所以《ゆゑ》は、郡家《ぐんけ》の正西《まにし》一十里《さと》一百一十六歩《あし》に、田《た》一十町 許《ところばかり》あり。平《たひら》なる原《はら》なれば、号《なづ》けて大原《おほはら》と曰《い》ふ。往古之時《むかし》、此処《ここ》に

885 郡家《ぐんけ》有《あ》りき。今《いま》も猶旧《なほもと》に追《したが》ひて大原《おほはら》と号《なづ》く。〔今郡家《いまぐんけ》の有《あ》る処《ところ》は、号《な》を斐伊村《ひのむら》と云《い》ふ。〕神原郷《かむはらのさと》。
886 郡家《ぐんけ》の正北《まきた》九里《さと》なり。古老伝《ふるおきなつた》へて云《い》へらく、「天下造《あめのしたつく》らしし大神《おほかみ》の御財《みたから》を
887 積《つ》み置《お》き給《たま》ひし処《ところ》なれば、神財郷《かむたからのさと》と謂《い》ふべし。而《しか》るに、今《いま》の人《ひと》、猶誤《なほあやま》てり」といへり。故《かれ》、
888 神原《かむはら》と号《な》を云《い》ふ。屋代郷《やしろのさと》。郡家《ぐんけ》の正北《まきた》一十里《さと》一百
889 一十六歩《あし》なり。天下造《あめのしたつく》らしし大神《おほかみ》の契《うけ》ひて立《た》ちどころに射《い》たまひし処《ところ》なり。故《かれ》、矢《や》
890 代《しろ》と云《い》ふ。〔神亀三年《じんくゐさむねん》、字《まな》を「屋代《やしろ》」と改《あらた》む。〕即《すなは》ち正倉有《みやけあ》り。　屋裏郷《やぬちのさと》。郡家《ぐんけ》の
891 　東北《ひむがしきた》一十里《さと》一百十六歩《あし》なり。古老伝《ふるおきなつた》へて云《い》へらく、「天《あめの》
892 下造《したつく》らしし大神《おほかみ》、笶《や》を殖《た》てしめ給《たま》ひし処《ところ》なり」といへり。故《かれ》、矢内《やぬち》と云《い》ふ。〔神亀三年《じんくゐさむねん》、字《まな》を「屋裏《やぬち》」と改《あらた》
む。〕佐《さ》
893 世郷《せのさと》。郡家《ぐんけ》の正《ま》東《ひむがし》九里《さと》二百歩《あし》なり。古老伝《ふるおきなつた》へて云《い》へらく、「須佐能《すさの》
894 袁命《をのみこと》、佐世《させ》の木葉《このは》を頭刺《かざ》して、踊躍為《をどりし》たまふ時《とき》に、刺《さ》せる
895 佐世《させ》の木葉《このは》、地《つち》に堕《お》ちき」といへり。故《かれ》、佐世《させ》といふ。　阿用郷《あよのさと》。郡家《ぐんけ》の東《ひむがし》
896 南《みなみ》一十三里《さと》八十歩《あし》なり。古老伝《ふるおきなつた》へて云《い》へらく、「昔《むかし》、或《あ》る人《ひと》、此処《ここ》なる山《やま》
897 田《だ》に烟《けぶり》たてて守《も》りき。爾時《そのとき》に、目一《めひとつ》なる鬼来《おにき》たりて、佃人之男《たつくるをのこ》を食《くら》ひき。爾《その》
898 時《とき》、男《をのこ》の父母《ちちはは》、竹原《たかはら》の中《うち》に隠《かく》りて居《を》りし時《とき》に、竹葉動《たかはあよ》けり。
899 爾時《そのとき》に、食《くら》はゆる男《をのこ》、『動々《あよあよ》』と云《い》ひき」といへり。故《かれ》、阿欲《あよ》と云《い》ふ。〔神亀三年《じんくゐさむねん》、字《まな》を「阿用《あよ》」と改《あらた》む。〕
海潮《うしほの》
900 郷《さと》。郡家《ぐんけ》の正《ま》東《ひむがし》一十六里《さと》卅三歩《あし》なり。古老伝《ふるおきなつた》へて云《い》へらく、「宇能治《うのぢ》

901 比古命《ひこのみこと》、御祖須義禰命《みおやすげみのみこと》を恨《うら》みて、北《きた》の方《かた》、出雲《いづも》の海潮《うしほ》を押《お》し上《あ》げて、
902 御祖《みおや》の神《かみ》を漂《ただよ》はしたまふに、此《こ》の海潮至《うしほいた》りき」といへり。故《かれ》、得塩《うしほ》と云《い》ふ。〔神亀三年《じんくゐさむねん》、字《まな》を「海潮《うしほ》」と改《あらた》
む。〕
903 即《すなは》ち、東北《ひむがしきた》のかた、須我小川《すがのをがは》の湯淵村《ゆふちのむら》の川中《かはなか》に温泉《ゆ》あり。〔号《な》を用《もち》ゐず。〕
904 同《おな》じき川《かは》の上《かみ》の毛間林《けまのはやし》の川中《かはなか》にも温泉《ゆ》出《い》づ。〔用《もち》ゐず。〕来次郷《きすきのさと》。郡《ぐん》
905 家《け》の正南《まみなみ》八里《さと》なり。天下造《あめのしたつく》らしし大神命《おほかみのみこと》、詔《の》りたまひしく、「八十神《やそかみ》は、
906 青垣山《あをかきやま》の裏《うち》に置《お》かじ」と詔《の》りたまひて、追《お》ひ廃《やら》ひたまふ時《とき》に、此《こ》の義《のり》によりて迨次《きし》きて生《い》きたり。故《かれ》、来次《きすき》と
云《い》ふ。
907 斐伊郷《ひのさと》。郡家《ぐんけ》に属《つ》けり。*通速日子命《ひはやひこのみこと》、此処《ここ》に坐《いま》す。故《かれ》、
908 樋《ひ》と云《い》ふ。〔神亀三年《じんくゐさむねん》、字《まな》を「斐伊《ひ》」と改《あらた》む。〕

（三）大原郡寺院

909 新造院一所《しんざうゐんひとところ》。斐伊郷《ひのさと》の中《うち》に在《あ》り。郡家《ぐんけ》の正南《まみなみ》一里《さと》なり。
910 厳堂《ごむだう》を建立《た》つ。〔僧五軀《ほふしはしら》有《あ》り。〕大領勝部君虫麿《だいりやうすぐりべのきみむしまろ》が造《つく》る所《ところ》なり。
911 新造院一所《しんざうゐんひとところ》。屋裏郷《やぬちのさと》の中《うち》に有《あ》り。郡家《ぐんけ》の正北《まきた》一十一里《さと》
912 一百廿歩《あし》なり。層塔《そうたふ》を建立《た》つ。〔僧一軀《ほふしはしら》有《あ》り〕。前《さき》の少領田部臣押《せうりやうたべのおみおし》
913 島《しま》が造《つく》る所《ところ》なり。〔今《いま》の少領伊去美《せうりやういこみ》が従父兄《いとこ》なり。〕新造院一所《しんざうゐんひとところ》。斐伊郷《ひのさと》
914 中《うち》に在《あ》り。郡家《ぐんけ》の東北《ひむがしきた》一里《さと》なり。厳堂《ごむだう》を建立《た》つ。〔尼二軀《あまはしら》有《あ》り。〕斐伊郷《ひのさと》の人《ひと》、樋《ひの》

915 *印支知麿《いなきしりまろ》が造《つく》る所《ところ》なり。

（四）大原郡神社

916 矢口社《やくちのやしろ》　宇乃遅社《うのぢのやしろ》　支須支社《きすきのやしろ》　布須社《ふすのやしろ》　御代社《みしろのやしろ》
917 汙乃遅社《うのぢのやしろ》　神原社《かむはらのやしろ》　樋社《ひのやしろ》　樋社《ひのやしろ》　佐世社《させのやしろ》
918 世裡陀社《せりだのやしろ》　得塩社《うしほのやしろ》　加多社《かたのやしろ》〔以上《これよりかみ》の一十三所《ところ》は、并《なら》びに神祇官《じんぎくわん》に在《あ》り。〕　赤秦社《あかはたのやしろ》
919 等々呂吉社《とどろきのやしろ》　矢代社《やしろのやしろ》　比和社《ひわのやしろ》　日原社《ひはらのやしろ》　幡屋社《はたやのやしろ》
920 春殖社《はるゑのやしろ》　船林社《ふなばやしのやしろ》　宮津日社《みやつひのやしろ》　阿用社《あよのやしろ》　置谷社《おきたにのやしろ》
921 伊佐山社《いさやまのやしろ》　須我社《すがのやしろ》　川原社《かはらのやしろ》　除川社《よけかはのやしろ》　屋代社《やしろのやしろ》
922 〔以上《これよりかみ》の一十七所《ところ》は、並《なら》びに神祇官《じんぎくわん》に在《あ》らず。〕

（五）大原郡山野

923 兎原野《うはらの》。郡家《ぐんけ》の正東《まひむがし》なり。即《すなは》ち郡家《ぐんけ》に属《つ》けり。城名樋山《きなびやま》。
924 郡家《ぐんけ》の正北《まきた》一里《さと》百歩《あし》なり。天下造《あめのしたつく》らしし大神大穴持命《おほかみおほあなもちのみこと》、
925 八十神《やそがみ》を伐《う》たむとして城《き》を造《つく》りたまひき。故《かれ》、城名樋《きなび》と云《い》ふ。高麻山《たかさやま》。郡家《ぐんけ》の
926 正北《まきた》一十里《さと》二百歩《あし》なり。高《たか》さ一百丈《つゑ》、周《めぐ》り五里《さと》なり。北《きた》の方《かた》に樫《かし》・
927 椿等《つばきら》の類《たぐひ》有《あ》り。東《ひむがし》と南《みなみ》と西《にし》との三《みつ》の方《かた》は並《なら》びに野《の》なり。古老伝《ふるおきなつた》へて云《い》へらく、「神須佐能《かむすさの》
928 袁命《をのみこと》の御子《みこ》、青幡佐草日古命《あをはたのさくさひこのみこと》、是《こ》の山《やま》の上《うへ》に麻《あさ》を蒔《ま》き給《たま》ひき」といへり。故《かれ》、

高麻山《たかさやま》と云《い》ふ。即《すなは》ち、此《こ》の山《やま》の岑《みね》に生《お》ふるは、其《そ》の御魂《みたま》なり。須我山《すがやま》。郡家《ぐんけ》の東《ひむがし》北《きた》一十九里《さと》一百八十歩《あし》なり。〔檜《ひのき》・枌《すぎ》有《あ》り。〕船岡山《ふなをかやま》。郡家《ぐんけ》の東北《ひむがしきた》一里《さと》一百歩《あし》なり。阿波枳閇委奈佐比古命《あはきへわなさひこのみこと》の曳《ひ》き来居《きす》ゑたまひし船《ふね》は、此《こ》の山《やま》、是《これ》なり。故《かれ》、船岡《ふなをか》と云《い》ふ。御室山《みむろやま》。郡家《ぐんけ》の東《ひむがし》北《きた》一十九里《さと》一百八十歩《あし》なり。神須佐乃乎命《かむすさのをのみこと》、御室《みむろ》を造《つく》らしめ給《たま》ひて、宿《やど》りたまひし所《ところ》なり。故《かれ》、御室《みむろ》と云《い》ふ。凡《おほよ》そ諸《もろもろ》の山野《やまの》に在《あ》る草木《くさき》は、苦参《くらら》・桔梗《ありのひふき》・菩茄《むこぎ》・白芷《よろひぐさ》・前胡《のぜり》・独活《つちたら》・卑斛《ところ》・葛根《くずのね》・細辛《みらのねぐさ》・茵芋《につつじ》・白前《のかがみ》・決目《えびすぐさ》・白歛《やまかがみ》・女委《ゑみくさ》・署預《*やまついも》・麦門冬《やますげ》、藤《ふぢ》・李《すもも》・檜《ひのき》・杉《すぎ》・柏《かしは》・樫《かし》・櫟《なら》・椿《つばき》・楮《かぢ》・楊梅《やまもも》・梅《うめ》・槻《つき》・蘗《きはだ》なり。禽獣《とりけだもの》には、鷹《たか》・晨風《はやぶさ》・鳩《はと》・山鶏《やまどり》・雉《きぎし》、熊《くま》・狼《おほかみ》・猪《ゐ》・鹿《しか》・兎《うさぎ》・獼猴《さる》・飛鼯《むささび》有《あ》り。

（六） 大原郡河川

斐伊川《ひのかは》。郡家《ぐんけ》の正西《まにし》五十七歩《あし》なり。西《にし》に流《なが》れて出雲郡《いづものこほり》多《た》義村《げのむら》に入《い》る。〔年魚《あゆ》・麻須《ます》有《あ》り。〕海潮川《うしほがは》。源《みなもと》は意宇《おう》と大原《おほはら》との二《ふたつ》の郡《こほり》の堺《さかひ》なる矣村山《をむらやま》より出《い》でて北《きた》に流《なが》る。〔年魚《あゆ》少々《すこ》しく有《あ》り。〕須我小川《すがのをがは》。源《みなもと》は須我山《すがやま》より出《い》でて西《にし》に流《なが》る。〔年《あ》魚少々《ゆすこ》しく有《あ》り。〕佐世小川《させのをがは》。阿用山《あよやま》より出《い》でて北《きた》に流《なが》る。〔魚无《いをな》し。〕幡屋小川《はたやのをがは》。源《みなもと》は郡家《ぐんけ》の東北《ひむがしきた》なる幡箭山《はたややま》より出《い》でて南《みなみ》に流《なが》る。〔魚无《いをな》し。〕水四《かはよつ》、水合《みづあ》ひて正《ただ》に流《なが》れ、出雲大川《いづものおほかは》に入《い》る。屋代小川《やしろのをがは》。郡家《ぐんけ》の正東《まひむがし》なる正除田野《まよけたの》より出《い》でて西《にし》に

流《なが》れ、斐伊大河《ひのおほかは》に入《い》る。〔魚无《いをな》し。〕

（七）大原郡通道

通道《かよひぢ》。意宇郡《おうのこほり》との堺《さかひ》なる木垣坂《きかきのさか》に通《ゆ》くこと、廾三里《さと》八十五歩《あし》なり。仁《に》多郡《たのこほり》との堺《さかひ》なる辛谷村《からたにのむら》に通《ゆ》くこと、廾三里《さと》一百八十二歩《あし》なり。飯石郡《いひしのこほり》との堺《さかひ》なる斐伊河《ひのかは》の辺《ほとり》に通《ゆ》くこと、五十歩《あし》なり。出雲郡《いづものこほり》との堺《さかひ》なる多義村《たげのむら》に通《ゆ》くこと、一十一里《さと》二百廾歩《あし》なり。前《さき》の件《くだり》の参《みつ》の郡《こほり》は、並《なら》びに山野《やまの》の中《うち》なり。

（八）大原郡郡司

郡司《ぐんし》主帳《しゆちやう》无位《むゐ》勝部臣《すぐりべのおみ》
大領《だいりやう》正六位上《しやうろくゐのじやう》勲十二等《くんじふにとう》勝臣《すぐりのおみ》
少領《せうりやう》外従八位上《ぐゑじゆはちゐのじやう》額部臣《ぬかたべのおみ》
主政《しゆしやう》无位《むゐ》日置臣《ひおきのおみ》

XI　出雲国巻末総記

（一）出雲国通道

国《くに》の東《ひむがし》の堺《さかひ》より西《にし》に去《さ》ること廾里《さと》二百八十歩《あし》にして、野城橋《のぎのはし》に至《いた》る。長《なが》さ卅

955 丈《つゑ》七尺《さか》、広《ひろ》さ二丈《つゑ》六尺《さか》なり。〔飯梨河《いひなしがは》なり。〕又《また》、西《にし》のかた廾一里《さと》にして、国庁《くにのまつりごとどの》、意宇《おうの》
956 郡家《ぐんけ》の北《きた》なる十字街《ちまた》に至《いた》り、即《すなは》ち分《わか》れて二《ふたつ》の道《みち》と為《な》る。〔一《ひとつ》は正西道《まにしのみち》、一《ひとつ》は北《きた》に枉《まが》れる道《みち》なり。〕北《きた》に枉《まが》
れる道《みち》は、北《きた》に去《さ》ること
957 四里《さと》二百六十六歩《あし》にして、郡《こほり》の北《きた》の堺《さかひ》なる朝酌渡《あさくみのわたり》に至《いた》る。〔渡《わた》り八十歩《あし》にして、渡船一《わたりぶねひとつ》あり。〕
958 又《また》、北《きた》のかた一十里《さと》一百卌歩《あし》にして、島根郡家《しまねのぐんけ》に至《いた》る。郡家《ぐんけ》より北《きた》に去《さ》ること
959 一十七里《さと》一百八十歩《あし》にして、隠岐渡《おきのわたり》なる千酌駅家《ちくみのうまや》の浜《はま》に至《いた》る。〔度船《わたりぶね》あり。〕
960 又《また》、郡家《ぐんけ》より西《にし》のかた一十五里《さと》八十歩《あし》にして、郡《こほり》の西《にし》の堺《さかひ》なる佐太橋《さだのはし》に至《いた》る。長《なが》さ
961 三丈《つゑ》、広《ひろ》さ一丈《つゑ》なり。〔佐太川《さだかは》なり。〕
962 又《また》、西《にし》のかた八里《さと》三百
963 歩《あし》にして、秋鹿《あきか》に至来《いた》る。又《また》、郡家《ぐんけ》より西《にし》のかた一十五里《さと》一百歩《あし》にして、
964 郡《こほり》の西《にし》の堺《さかひ》に至《いた》る。又《また》、西《にし》のかた八里《さと》二百六十四歩《あし》にして、楯縫郡家《たてぬひのぐんけ》に至《いた》る。又《また》、
965 郡家《ぐんけ》より西《にし》のかた七里《さと》一百六十歩《あし》にして、郡《こほり》の西《にし》の堺《さかひ》に至《いた》る。又《また》、西《にし》のかた一十
966 里《さと》二百廾歩《あし》にして、出雲郡家《いづものぐんけ》の東《ひむがし》の辺《へ》なり。即《すなは》ち、正西道《まにしのみち》に入《い》る。
967 惣《すべ》て北《きた》に枉《まが》れる道《みち》の程《みちのり》、九十九里《さと》一百一十歩《あし》の中《うち》、隠岐道《おきのみち》は一十
968 七里《さと》一百八十歩《あし》なり。正西道《まにしのみち》は十字街《ちまた》より西《にし》のかた一十二里《さと》にして、野《の》
969 代橋《しろのはし》に至《いた》る。長《なが》さ六丈《つゑ》、広《ひろ》さ一丈《つゑ》五尺《さか》なり。又《また》、西《にし》のかた七里《さと》にして、玉作街《たまつくりのちまた》に至《いた》り、即《すなは》ち分《わか》れて
970 二《ふたつ》の道《みち》と為《な》る。〔一《ひとつ》は正西道《まにしのみち》、一《ひとつ》は南《みなみ》に枉《まが》れる道《みち》なり。〕十四里《さと》二百一十歩《あし》にして、郡《こほり》の南西《みなみにし》の堺《さかひ》に至《いた》
る。又《また》、南《みなみ》のかた

廾三里《さと》八十五歩《あし》にして、大原郡家《おほはらのぐんけ》に至《いた》り、即《すなは》ち分《わか》れて二《ふたつ》の道《みち》と為《な》る。〔一《ひとつ》は南西道《みなみにしのみち》、一《ひとつ》は東南道《ひむがしみなみのみち》なり。〕南《みなみ》西道《にしのみち》は五十七歩《あし》にして、斐伊河《ひのかは》に至《いた》る。〔度《わた》り廾五歩《あし》にして、度船一《わたりぶねひとつ》あり。〕又《また》、南西《みなみにし》のかた廾九里《さと》一百八十歩《あし》にして、飯石郡家《いひしのぐんけ》に至《いた》る。又《また》、郡家《ぐんけ》より南《みなみ》のかた八十里《さと》にして、国《くに》の南西《みなみにし》の堺《さかひ》に至《いた》る。〔備後国《きびのみちのしりのくに》三次郡《みよしのこほり》に通《かよ》ふ。〕惣《すべ》て国《くに》を去《さ》る程《みちのり》は、一百六十六里《さと》二百五十七歩《あし》なり。東南道《ひむがしみなみのみち》は、郡家《ぐんけ》より去《さ》ること廾三里《さと》一百八十二歩《あし》にして、郡《こほり》の東南《ひむがしみなみ》の堺《さかひ》に至《いた》る。又《また》、東南《ひむがしみなみ》のかた一十六里《さと》二百冊六歩《あし》にして、仁多郡《にたのこほり》比々理村《ひひりのむら》に至《いた》り、分《わか》れて二《ふたつ》の道《みち》と為《な》る。一《ひとつ》の道《みち》は、東《ひむがし》のかた八里《さと》一百廾一歩《あし》にして、仁多郡家《にたのぐんけ》に至《いた》る。一《ひとつ》の道《みち》は、南《みなみ》のかた冊八里《さと》一百廾一歩《あし》なり。正西道《まにしのみち》は玉作街《たまつくりのちまた》より西《にし》のかた九里《さと》にして、来待橋《きまちのはし》に至《いた》る。長《なが》さ八丈《つゑ》、広《ひろ》さ一丈《つゑ》三尺《さか》なり。又《また》、西《にし》のかた廿三里《さと》冊四歩《あし》にして、郡《こほり》の西《にし》の堺《さかひ》なる出《いづ》雲河《もがは》に至《いた》る。〔度《わた》り五十歩《あし》にして、船一《ふねひとつ》あり。〕又《また》、郡家《ぐんけ》より西《にし》のかた二里《さと》六十歩《あし》にして、郡《こほり》の西《にし》の堺《さかひ》なる出雲河《いづもがは》に至《いた》る。〔度《わた》り五十歩《あし》にして、度船一《わたりぶねひとつ》あり。〕又《また》、西《にし》のかた七里《さと》廾五歩《あし》にして、神門郡《かむとのぐん》家《け》に至《いた》る。即《すなは》ち河有《かはあ》り。〔度《わた》り廾五歩《あし》にして、度船一《わたりぶねひとつ》あり。〕郡家《ぐんけ》より西《にし》のかた冊三里《さと》にして、国《くに》の西《にし》の堺《さかひ》に至《いた》る。〔石見国《いはみのくに》安農郡《あののこほり》に通《かよ》ふ。〕惣《すべ》て国《くに》を去《さ》る程《みちのり》は、一百六里《さと》二百歩《あし》あまり冊四歩《あし》なり。

（二）出雲国駅

東《ひむがし》の堺《さかひ》より西《にし》に去《さ》ること廾里《さと》一百八十歩《あし》にして、野城駅《のぎのうまや》に至《いた》る。又《また》、西《にし》のかた卄一里《さと》にして、黒田駅《くろだのうまや》に至《いた》り、即《すなは》ち分《わか》れて二《ふたつ》の通《みち》と為《な》る。〔一《ひとつ》は正西道《まにしのみち》、一《ひとつ》は隠岐国《おきのくに》に度《わた》る道《みち》なり。〕隠《お》岐《きの》道《みち》は北《きた》に去《さ》ること卅四里《さと》一百卌歩《あし》にして、隠岐渡《おきのわたり》なる千酌駅《ちくみのうまや》に至《いた》る。又《また》、正西道《まにしのみち》は卅八里《さと》にして、宍道駅《ししぢのうまや》に至《いた》る。又《また》、西《にし》のかた卄六里《さと》二百卄九歩《あし》にして、狭結駅《さゆふのうまや》に至《いた》る。又《また》、西《にし》のかた一十九里《さと》にして、多岐駅《たきのうまや》に至《いた》る。又《また》、西《にし》のかた一十四里《さと》にして、国《くに》の西《にし》の堺《さかひ》に至《いた》る。

（三）出雲国軍防

団《だん》。意宇軍団《おうのくんだん》。即《すなは》ち郡家《ぐんけ》に属《つ》けり。*熊谷軍団《くまたにのくんだん》。飯石《いひしの》郡家《ぐんけ》の東北《ひむがしきた》卄九里《さと》一百八十歩《あし》なり。神門軍団《かむとのくんだん》。郡家《ぐんけ》の正《ま》東《ひむがし》七里《さと》なり。馬見烽《まみのとぶひ》。出雲郡家《いづものぐんけ》の西北《にしきた》卌二里《さと》二百卌歩《あし》なり。土椋烽《つちくらのとぶひ》。神門郡家《かむとのぐんけ》の烽戍《とぶひまもり》にして、東南《ひむがしみなみ》四里《さと》なり。多夫志《たぶしの》烽《とぶひ》。出雲家《いづものみやけ》の北《きた》一十三里《さと》卌歩《あし》なり。布自美烽《ふじみのとぶひ》。島根郡《しまねのぐん》家《け》の正南《まみなみ》七里《さと》二百一十歩《あし》なり。暑垣烽《あつがきのとぶひ》。意宇郡家《おうのぐんけ》の正《ま》東《ひむがし》卄里《さと》八十歩《あし》なり。宅伎戍《たきのまもり》。神門郡家《かむとのぐんけ》の西南《にしみなみ》卅一里《さと》なり。瀬埼戍《せさきのまもり》。島根郡家《しまねのぐんけ》の東北《ひむがしきた》一十九里《さと》一百八十歩《あし》なり。

Ⅻ　識語

天平《てんひやう》五年二月卅日に勘《かむが》へ造《つく》る。秋鹿郡《あきかのこほり》の人《ひと》、神宅臣《みやけのおみ》金太理《かなたり》

国造《くにのみやつこ》帯《たい》意宇郡《おうのこほりの》大領《だいりやう》外正六位上《ぐゑしやうろくゐのじやう》勲十二《くんじふに》等《とう》出雲臣《いづものおみ》広島《ひろしま》

本文編

出雲国風土記

国之大体、首震、尾坤。東南宮、北属海。

東一百卌七里一十九歩、南北一百八十二里一百九十三。

一百歩、

七十三里卌二歩、

得而難可誤。

老、細認枝葉、裁定詞源。亦山野浜浦之処、鳥獣之棲、魚貝・海菜之類、良繁多矣。不陳。然不獲止、粗挙梗概、以成記趣。所以芳雲者、八束水臣津野命詔、八雲立詔之。故、云八雲立出雲。

合神社参佰玖拾玖所。

壱佰捌拾肆所、在神祇官。

弐佰壱拾伍所、不在神祇官。

玖郡、郷陸拾壱、里一百七十九。余戸肆、駅家陸、神戸漆。里一十。

意宇郡、郷壱拾、里卅。余戸壱、駅家参、神戸参。里六。

参2（倉）―参漆

島根郡、郷捌、里廿五。余戸壱、駅家壱。
秋鹿郡、郷肆、里一十二。神戸壱。里。
楯縫郡、郷肆、里一十二。余戸壱、神戸壱。里。
出雲郡、郷捌、里廿三。神戸壱。里二。
神門郡、郷捌、里廿二。余戸壱、駅家弐、神戸壱。里。
飯石郡、郷漆。里一十九。
仁多郡、郷肆。里一十二。
大原郡、郷捌。里廿四。
右件郷字者、依霊亀元年式、改里為郷。其郷名字者、被神亀三年民部省口宣改之。
意宇郡
合郷壱拾壱、里卅。余戸壱、駅家参、神戸参。
母理郷。本字文理。
屋代郷。今依前用。
楯縫郷。今依前用。
安来郷。今依前用。
山国郷。今依前用。
飯梨郷。本字云成。

舎人郷。今依前用。
大草郷。今依前用。
山代郷。今依前用。
拝志郷。今字。林。
宍道郷。今依前用。以上壱拾、郷別里参。
余戸里。
野城駅家。
宍道駅家。
出雲神戸。
賀茂神戸。
忌部神戸。

所以号意宇者、国引坐八束水臣津野命詔、八雲立出雲国者、狭布之堆国在哉。初国小所作。故、将作縫詔而、栲衾志羅紀乃三埼矣国之余有耶見者、国之余有詔而、童女胸鉏所取而、大魚之支太衝別而、波多須々支穂振別而、三身之綱打挂而、霜黒葛闇々耶々爾、河船之毛々曽々呂々爾、国々来々引来縫国者、自去豆乃折

闇—聞

絶而、八穂米支豆支乃御埼。以此而、堅立加志者、石見国与出雲国之堺有、名佐比売山、是也。亦、持引綱者、薗之長浜、是也。亦、北門佐伎之国矣国之余有耶見者、国之余有詔而、童意女胸鉏所取而、大魚之支大衝刎而、波多須々支穂振刎而、三身之綱打挂而、霜黒葛闇々耶々爾、河船之毛々曽々呂々爾、国々来々引来綱国者、自多久乃折絶而、狭田之国、是也。亦、北門良波乃国矣国之余有耶見者、国之余有詔而、童意女胸鉏所取而、大魚之支大衝刎而、波多須々支穂振刎而、三身之綱打挂而、霜黒葛闇々耶々爾、河船之毛々曽々呂々爾、国々来々引時、引縫国者、自宇波縫折絶而、闇見国、是也。亦、高志之都都乃三埼矣国之余有耶見者、国之余有詔而、童意女胸鉏所取而、大魚之支大衝刎而、波多須々支穂振刎而、三身之綱打挂而、霜黒葛闇々耶々爾、河船之毛々曽々呂々爾、国々来々引来縫国者、三穂之埼。接

売—黄
闇—聞
闇—聞。々呂—豆
闇—聞

引綱、夜見島。固堅立加志者、有伯耆国火神岳、是也。今者国者引訖詔而、意宇社爾御杖衝立而、意恵登詔。故、云

意宇。所謂意宇社者、郡家東北辺田中在塾是也。周八歩許。其上有一以茂。

母理郷。郡家東南卅九里一百九十歩。所造天下大神大穴持命、越八口平賜而還坐時、来坐長江山而詔、我造坐而命国者、皇御孫命平世所知依奉。但、八雲立出雲国者、我静坐国、青垣山廻賜而、玉珍直賜而守詔。故、云文理。神亀三年、改字母理。

屋代郷。郡家正東卅九里一百廿歩。天乃夫比命御伴、天降来社。伊支等之遠神、天津子命詔、吾浄将坐志社詔。故、云社。神亀三年、改字屋代。

楯縫郷。郡家東北卅二里一百八十歩。布都努志命之天石楯縫直給之。故、云楯縫。

安来郷。郡家東北廿七里一百八十歩。神須佐乃袁命、天壁立廻坐之。爾時、来坐此処而詔、吾御心者安平成詔。故、云安来也。即、北海有邑売埼。飛鳥浄御原宮御宇　大皇御世、甲戌年七月十三日、語臣

周—国

志(倉)—忘

石—名

袁—素

猪麻呂之女子、遥件埼、邂逅遇和爾。所賊不切。爾時、父猪麻呂、所賊女子歛置浜上、大発苦憤、号天踊地、行吟居嘆、昼夜辛苦無避歛所。作是之間、経歴数日。然後、興慷慨志、磨箭鋭鋒、撰便処居。即、擡訴云、天神千五百万、地祇千五百万、并当国静坐三百九十九社及海若等、大神之和魂者静而、荒魂者皆悉依給猪麻呂之所乞。良有神霊坐者、吾所傷給。以此、知神霊之所神者。爾時、有須臾而、和爾百余、浄囲繞一和爾、徐率依来、従於居下。不進不退、猶囲繞耳。爾時、挙鉾而刃中天、一和爾殺捕已訖。然後、百余和爾解散。殺割者、女子之一脛屠出。仍、和爾者殺割而挂串、立路之垂也。安来郷人語臣与之父也。自爾時以来、至于今日経六十歳。

山国郷。郡家東南卅二里二百卅歩。布都努志命之国廻坐時、来坐此処而詔、是土者不止欲見詔。故、　山国也。即有正倉。

飯梨郷。郡家東南卅二里。大国魂命、天降坐時、当此処而御膳食給。故、云飯成。神亀三年、改字飯梨。

置—買。苦—若

乞—々乙

舎人郷。郡家正東廾六里。志貴島宮御宇天皇御世、倉舎人君等之祖、日置臣志毘、大舎人供奉之。即是、志毘之所居。故、云舎人。即有正倉。

大草郷。郡家南西二里一百廾歩。須佐乎命御子、青幡佐久佐丁壮命坐。故、云大草。

山代郷。郡家西北三里一百廾歩。所造天下大神大穴持命御子、山代日子命坐。故、云山代也。即有正倉。

拝志郷。郡家正西廾一里二百一十歩。所造天下大神命、将平越八口為而幸時、此処樹林茂盛。爾時詔、吾御心之波夜志詔。故、云林。神亀三年、改字拝志。即有正倉。

宍道郷。郡家正西卅七里。所造天下大神命之追給猪像、南山有二。一長二丈七尺、高一丈、周五丈七尺。一長二丈五尺、高八尺、周四丈一尺。追猪犬像、長一丈、高四尺、周一丈九尺。其形為石。無異猪・犬。至今猶在。故、云宍道。

余戸里。郡家正東六里二百六十歩。依神亀四年編戸、立一里。故、云余戸。也郡亦如也。

御宇ノ下―闕字アリ

壮―状

平―乎

立―大二

亦―山

野城駅。郡家正東卄里八十歩。依野城大神坐、故、云野城。

黒田駅。郡家同処。郡家西北二里、有黒田村。土体色黒。故、云黒田。旧、此処有是駅。即号曰黒田駅。今東属郡。今猶、追旧黒田号耳。

宍道駅。郡家正西卅里。説名、如郷。

出雲神戸。郡家南西二里廾歩。伊弉奈枳乃麻奈子坐熊野加武呂乃命、与五百津鉏々猶所取々而所造天下大穴持命、二所大神等依奉。故、云神戸。他郡等神戸且如之。

賀茂神戸。郡家東南卅四里。所造天下大神命之御子、阿遅須枳高日子命、坐葛城賀茂社。此神之神戸。故、云鴨。神亀三年、改字賀茂。即有正倉。

忌部神戸。郡家正西卄一里二百六十歩。国造神吉調望、参向朝廷時、御沐之忌玉作。故、云忌部。即、川辺出湯。出湯所在、兼海陸。仍、男女老少、或道路駱駅、或海中沿洲、日集成市、繽紛燕楽。一濯則形容端正、再沐則万病悉除。自古至今、無不得験。故、俗人、

弉—時

沿—沼

曰神湯也。寺。教昊寺。有山国郷中。郡家正東廾五里一百廾歩。建立五層之塔也。在僧。教昊僧之所造也。散位大初位下上腹首押猪之祖父也。新造院一所。山代郷中。郡家西北四里二百歩。建立厳堂也。無僧。日置君目烈之所造。出雲神戸日置君鹿麻呂之父。造院一所。有山代郷中。郡家西北二里。建立教堂。住僧一軀。飯石郡少領出雲臣弟山之所造也。新造院一所。有山国郷中。郡家東南廾一里百廾歩。建立三層之塔也。山国郷人、日置部根緒之所造也。

熊野大社　夜麻佐社　売豆貴社　賀豆比乃社
由貴社　加豆比乃高社　都俾志呂社　玉作湯社
野城社　伊布夜社　支麻知社　夜麻佐社
城社　久多美社　佐久多社　多乃毛社
須多社　真名井社　布弁社　斯保彌社
意陀支社　市原社　久米社　布吾彌社
寄道社　野代社　売布社　狭井社
同狭井高社　宇流布社　伊布夜社　由宇社
布自奈社　同布自奈社　野代社　佐久多社

日置1 2—置（「日置」ノ合字）

日置—置（「日置」ノ合字）。部—郡

彌—禰

米—来。彌—禰

163 意陀支社　前　社　田中社　詔門社
164 楯井社　速玉社　石坂社　佐久佐社
165 多加比社　山代社　調屋社　同社 以上卌八所、並
166 在神祇官。宇由比社　支布佐社　毛禰乃上社
167 那富乃夜社　支布佐社　国原社　田村社
168 市穂社　同市穂社　伊布夜社　阿太加夜社
169 須多下社　河原社　布宇社　末那為社
170 加和羅社　笠柄社　志多備社　食師社 以上一十九所、並不在神祇官。
171 長江山。郡家東南五十里。有水精。
172 暑垣山。郡家正東八十歩。有烽。
173 高野山。郡家正東一十九里。
174 熊野山。郡家正南一十八里。有檜・檀也。所謂熊野大神之社坐。
175 久多美山。郡家西南廾三里。有椙。
176 玉作山。郡家西南卌二里。有椙。
177 神名樋野。郡家西北一百廾九歩。高八十丈、周六里
178 卌二歩。東有松。三方、並有茅。
179 凡諸山野所在草木、麦門冬・独活・石斛・前胡・高梁
180 畺・連翹・黄精・百部根・貫衆・白朮・署預・苦参・細

卌—卅
在神祇官—在社祇（大書）。宇—字
末—米
社[4]—ナシ。不—一
烽—蜂（見消チ、傍書「蟒歟」）
神—押
畺—量

本文編

辛・商陸・高本・玄参・五味子・黄芩・葛根・牡丹・藍漆・薇、藤・李・檜字或作梧。・杉字或作榲。・赤桐・白桐・楠・椎・海榴字或作椿。・楊梅・松・栢字或作榧。・蘗・槻。禽獣、則有雕・晨風字或作隼。・山鶏・鳩・鶉・鶬字或作離黄。・鵄鴞作横致。功鳥也。、熊・狼・猪・鹿・兎・狐・飛鼯字或作獼、作蝸。・獼猴之族。至繁、全不可題之。

伯大川。源出仁多与意宇二郡堺葛野山、流経母理・楯縫・安来三郷、入々海。有年魚・伊久比。山国川。源出郡家東南卅八里枯見山、北流入伯太川。

飯梨河。源有三。一水源出仁多・大原・意宇三郡堺田原。一水源出枯見。一水源出仁多郡玉嶺山。三水合、北流入々海。有年魚・伊具比。筑湯川。源出郡家正東一十里一百歩荻山、々北流入々海。有年魚。

意宇河。源出郡家正南一十八里熊野山、北流入々海。有年魚・伊具比。野代川。源出郡家西南一十八里須我山、北流入。玉作川。源出郡家正西一十九里　志山、北流入々海。有年魚。来待川。源出郡家正西廾八里和奈佐山、西流至山田村、更折北流入々海。有年魚。宍道川。源出郡家正西卅八里幡屋山、北海流入海。無魚。津間抜池。周二里卌歩。有鳥・鴨・鮖蔘。真名猪池。周一里。北

商―ナシ（一字分空キ）。苓―々

至―主。全―金

流―海

伊―件

北―川

至―主

入海。門江浜。伯耆与出雲二国堺。自東行西。粟島。有椎・松・多年木・宇竹・真前等葛。砥神島。周三里一百八十歩、高六十丈。有椎・松・莘・薺頭蒿・都波・師太等草木也。加茂島。既礒。子島。既礒。羽島。有椿・比佐木・多年木・蕨・薺頭・葛。塩楯島。有蓼螺子・永蓼。野代海中、蚊島。周六十歩。中央涅土、四方並礒。中央有毛梖許、木一株・茸日。礒有螺子・海松。自茲以西浜、或峻堀、或平土、並是通道之所経也。道。通国東堺手間剗、卅一里一百八十歩。通大原郡堺林垣峰、卅二里二百歩。通出雲郡堺佐雑埼、卅二里卅歩。通島根郡堺朝酌渡、四里二百六十歩。

前件一郡、入海之南、北則国廓也。

郡司主帳 无位海臣 无位出雲臣

少領従七位上勲十二等出雲

主政外少初位上勲十二等林臣

擬主政无位出雲臣

島根郡

合郷捌、里廾。余戸壱、駅家壱。

山口郷。今依前用。

朝酌郷。今依前用。

竹―弁

椿―精

蓼―慕。涅―温

茸―茸

廓―傍書「務カ」アリ

初―祠

擬―概

手染郷。今依前用。

美保郷。今依前用。

方結郷。今依前用。

加賀郷。本字加々。

生馬郷。今依前用。

法吉郷。今依前用。以上捌郷別里参。

余戸里。

千酌駅家。

所以号島根郡、国引坐八束水臣津野命之詔而負給名。故、島根。

朝酌郷。郡家正南一十里六十四歩。熊野大神命詔、朝御饌勘養、夕御饌勘養、吾贄緒之処定給。故、云朝酌。

山口郷。郡家正南四里二百九十八歩。須佐能袁命御子、都留支日子命詔、吾敷坐山口処在詔而、故、山口負給。

手染郷。郡家正東一十里二百六十四歩。所造天下大神命詔、此国者丁寧所造国在詔而、故、丁寧

手―「平」ヲ抹消、右傍「手歟」

能―熊。袁―素

235 負給。而、今人猶誂手染郷之耳。即正倉。
236 美保郷。郡家正東廿七里一百六十四歩。造天下大
237 神命、娶高志国坐神、意支都久良為命子、俾都
238 久良為命子、奴奈宜波比売命而、令産神、
239 御穂須々美命、是神坐矣。故、美保。
240 方結郷。郡家正東廿里八十歩。須佐袁命御子、国忍
241 別命詔、吾敷坐地者、国形宜者。故、云方結。
242 加賀郷。郡家（北西二十四里一百六十歩。佐太大
神所生也。御祖神魂命御子支佐加地比売命、闇岩
屋哉詔、金弓以射給時、光加加明也。故、云加加。
生馬郷。郡家）西北一十六里二百九歩。神魂命御子、八
243 尋鉾長依日子命詔、吾御子、平明不憤詔。故、云生
244 馬。
245 法吉郷。郡家正西二百卅歩。神魂命御子、宇武
246 賀比売命、法吉鳥化而飛度、静坐此処。故、云法吉。
247 余戸里。説名、如意宇郡。
248 千酌駅。郡家東北一十九里一百八十歩。伊差奈枳
249 命御子、都久豆美命、此処生。然則可謂都久豆美

宜ノ下―「置」アリ。衍字

袁―素

地―池

北西〜郡家（倉別筆）―ナシ。補注参照

郡ノ下―「西」アリ。衍字

250 而、今人猶千酌号郷。
（布自伎彌社　多気社　久良彌社　波夜都武志社
同波夜都武志社　川上社　長見社　門江社
横田社　加賀社　爾佐加志能為社　法吉社
生馬社　美保社 以上一十四所、並在神祇官。）
251 大埼社　太埼川辺社（朝酌上社）　朝酌下社　努那彌社
252 椋見社　（大井社　阿羅波比社　三保社
多久社　蜛蝫社　同蜛蝫社　質簡比社
方結社　玉結社　川原社　虫野社
持田社　加佐奈子社　比加夜社　須義社
伊奈須美社　伊奈阿気社　御津社　比津社
玖夜社　同玖夜社　田原社　生馬社
布夜保社　加茂志社　一夜社　小井社
加都麻社　須衛都久社）以上卅五所、並不在神祇官。
253 布自枳美高山。郡家正南七里二百一十歩。高丈、周一
254 十里。有烽。女岳山。郡家正南二百卅歩。蝨野。郡家西
255 南三里一百歩。无樹木。毛志山。郡家正北一里。大倉山。
256 郡家東北九里一百八歩。糸江山。郡家東北廾六里

布自伎彌社〜在神祇官（倉貼紙）―ナシ。波夜都武志社―倉貼紙ナシ
朝酌上社（倉貼紙）―ナシ
大井社〜須衛都久社（倉貼紙）―ナシ
卅―卌
糸―ナシ

卅歩。小倉山。郡家正東廾四里一百六十歩。凡諸山所在草木、白朮・麦門冬・藍漆・五味子・苦参・独活・葛根・署預・卑解・狼牙・杜仲・芍薬・前胡・百部根・石斛・高本、藤・李・赤桐・白桐・海柘榴・楠・楊・松・栢。禽獣、則有鷲字或作鵰。・隼・山鶏・鳩・雉、猪・鹿・猿・飛鼯。水草河。源二。一水源出郡家東三里一百八十歩毛志山。一水源出郡家西北六里一百六十歩同毛志山。二水合南海流、入々海。有鮒。長見川。源出郡家東北九里一百八十歩大倉山、東流。丈鳥川。源出郡家東北一十二里一百一十歩墓野山、南流。二水合東流、入々海。野浪川。源出郡家東北廾六里卅歩糸江山、西流入大海。加賀川。源出郡家正北廾四里一百六十歩小倉山、西流入秋鹿郡佐太水海。以上六川、並少々。无魚河也。法吉坡。周五里、深七尺許。有鴛鴦・鳬・鴨・鮒・須我毛。当夏節尤在美菜。前原坡。周二百八十歩。有鴛鴦・鳬・鴨等之類。張田池。周一里卅歩。匏池。周一里一百一十歩。生蔣。美能夜池。周一里。口池。周一百八十歩。有蔣・鴛鴦。敷田池。周一里。有鴛鴦。南入海。自西行東。朝酌促戸。東有通道、西在平原、中央渡。則、筌亘東西、春秋入出。大小

署―暑。牙―一別。薬―谷。前―如北。胡ノ下―「苦」アリ。衍字。次行第一字「参」ニ見消チアリ

桐1―銅

隼―阜

歩1―十々。歩2―尤。山2―心々

河―波

雑魚、臨時来湊、筌辺駈駭、風圧水衝。或破壊筌、或製日魚、於鳥被捕。大小雑魚・浜藻家闐、市人四集、自然成麞矣。（自茲入東、至于大井浜之間南北二浜、並捕日魚。水深也。）朝酌渡。広八十歩許。自国庁通海辺道矣。大井浜。則有海鼠・海松。又、造陶器也。邑美冷水。東西北山、並嵯峨。南海澶漫、中央鹵。灠磷々。男女老少、時々叢集、常燕会地矣。前原埼。東西北並巃嵸、下則有陂。周二百八十歩、深一丈五尺許。三辺草木、自生涯。鴛鴦・鳬・鴨、随時常住。陂之南海也。即、陂与海之間浜、東西長一百歩、南北広六歩。肆松蓊鬱、浜・鹵淵澄。男女随時叢会、或愉楽帰、或耽遊忘眅、常燕喜之地矣。蜛蝫島。周一十八里一百歩、高三丈。古老伝云、出雲郡杵築御埼在蜛蝫。天羽合鷲掠持飛来、止于此島。故、云蜛蝫島。今人、猶誤栲島号耳。土地豊壌。西辺松二株。以外、茅・沙・薺頭蒿・路等之類生靡。（即有牧。）去陸三里。蜈蚣嶋。周五里一百卅歩、高二丈。古老伝云、有蜛蝫島蜛蝫、

魚—鹿

麞—墨

陂—彼

壌—渡

蜈蚣—蜛蝫

食来蜈蚣、止居此島。故、云蜈蚣島。東辺神社。以外、皆悉百姓之家。土体豊壌。草木扶蔬、桑・麻豊富。北澗所。謂島里、是矣。去津二里一百歩。即、自此島達伯耆国郡内　夜見島、磐石二里許、広六十歩許。乗馬猶往来。塩満時、深二尺五寸許、塩乾時者、已如陸地。和多々島。周三里二百廾歩。有椎・海石榴・白桐・松・芋菜・薺頭蒿・蕗・都波・猪・鹿。去陸渡一十歩。不知深浅。美佐島。周二百六十歩、高四丈。有椎・模・茅・葦・都波・薺頭蒿。戸江剗。郡家正東廾里一百八十歩。非島。陸地浜耳。伯耆郡内夜見島将相向之間也。

粟江埼。相向夜見島。促戸渡二百一十六歩。埼之西、入海堺也。凡南入海所在雑物、入鹿・和爾・鯔・須受枳・近志呂・鎮仁・白魚・海鼠・鰝鰕・海松等之類、至多、不可令名。

北大海。埼之東、大海堺也。猶自西行東。鯉石島。生海藻。大島。礒。宇由比浜。広八十歩。捕志毘魚。盗道浜。広八十歩。捕志毘魚。澹由比浜。広五十歩。捕志毘魚。加努夜浜。広六十歩。捕志毘魚。美保浜。広一百六十歩。西有神社。北有百姓之家。捕志毘魚。美保埼。周壁

壌—渡

頭—ナシ

礒—議昆

峙崋。定岳。等々島。禺々、当住。土島。礒。久毛等浦。広一百歩。自東行西。十船可泊。黒島。生海藻。這田浜。長二百歩。比佐島。生紫菜・海藻。長島。生紫菜・海藻。比売島。礒。結島門島。周二里卅歩、高一十丈。有松・薺頭蒿・都波。御前小島。礒。質簡比浦。広二百卅歩。南神社。北百姓之家。卅船可泊。久宇島。周一里卌歩、高七尺。有椿・椎・白朮・小竹・薺頭蒿・都波・茅。加多比島。礒。船島。礒。厓島。周二百歩、高廿丈。有椿・松・薺頭蒿。赤島。生海藻。宇気島。同前。黒島。同前。粟島。周二百八十歩、高一十丈。有松・芋・茅・都波。玉緒浜。広一百八十歩。有碁。東辺有唐砥。又、在百姓之家。小島。周二百卌歩、高一十丈。有松・茅・薺頭・都波。方結浜。広一里八十歩。東西有家。勝間埼。有二窟。一高一丈五尺、裏周一十八歩、一高一丈五尺、裏周廿歩。鳩島。周一百廿歩、高一十丈。有都波・苡。鳥島。周八十二歩、高一十五丈。有島栢。黒島。生紫菜・海藻。須義浜。広二百八十歩。衣島。周一百廿歩、高五丈。中鑿、南北船猶往来也。稲上浜。広一百六十二歩。有百姓之家。稲積島。周卌八歩、高六丈。有松木鳥之栖。中鑿、南北船猶往来也。大島。礒。千酌浜。広一里六十歩。東有松林。南方駅家。北方百姓之家。郡家西北廿九里廿歩。此則所謂度隠岐国津定矣。加志島。周五十六歩、高三丈。有松。赤島。周一百歩、高一丈六尺。有松。葦浦浜。広一百

住—位

泊—「漕」ヲ見消チ、左傍「泊乎」

椎ノ下—「椎」アリ。衍字

鑿—鑒

栖—栢

加—如

廾歩。有百姓之家。黒島。生紫菜・海藻。亀島。同前。付島。周二里一十八歩、高一丈。有椿・松・薺頭蒿・茅・葦・都波也。其薺頭蒿者、正月元日生長六寸。蘇島。生紫菜・海藻。中鑿、南北船猶往来也。真屋島。周八十六里、高五丈。有松。松島。周八十歩、高八丈。有松林。立石島。礒。瀬埼。礒所、瀬埼戌、是也。野浪浜。広二百八歩。東辺有神社。又、有百姓之家。鶴島。周二百一十歩、高九丈。有松。間島。生海藻。毛都島。生紫菜・海藻。川来門大浜。広一里百歩。有百姓之家。黒島。有海藻。小黒島。生海藻。加賀神埼。即有窟。一十丈許。周五百二歩許。東・西・北道。所謂佐太大神之所産生処也。所産生臨時、弓箭亡坐。爾時、御祖神魂命之御子、枳佐加地売命願、吾御子、麻須羅神御子坐者、所亡弓箭出来、願坐。爾時、角弓箭、随水流出。爾時、取弓詔子、此者、非弓箭詔而、擲廃給。又、金弓箭流出来。即、待取之坐而、闇鬱窟哉詔而、射通坐。即、御祖支佐加地売命社、坐此処。今人、是窟辺行時、必声礚礚而待。若密行者、神現而、飄風起、行船者必覆。御島。周二百八十歩、高一十丈。中通東西。有椿・松・栢。葛島。周一里一百十歩、高五丈。有椿・松・小竹・茅・葦。櫛島。周二百卌歩、高一十丈。有松林。許意島。周八十丈、高一十丈。有松・茅。沢林。真島。周一百八十歩、高一十丈。有松。比羅島。生紫・海藻。黒島。同前。名島。周一百八十歩、高九丈。有松。赤島。生紫菜・藻。大崎浜。広一里一百八十歩。西北有着百姓之家。須々比埼。有白朮。御津浜。広二百八歩。有百姓之家。三島。生海藻。虫津浜。広一百

鑿—鑒

戌—或

通—道。佐—位。加地—ナシ

取弓—所子

廾歩。手結埼。浜辺有二檜。窟。高一丈、裏周卅歩。手結浦。広卅二歩。船二許可泊。久宇島。周一百卅歩、高七丈。有松。

凡北海所捕雑物、志毘・朝鮐・沙魚・烏賊・蜛蝫・鮑魚・螺・蛤貝字或作蚌菜。・蕀甲蠃字或作石経子。・甲蠃・蓼螺子字或作螺子。・螺蠣子・石華字或作蠣犬脚也。或土曠於脚者。勢也。・白貝・海藻・海松・紫菜・凝海菜等之類、至繁、不可令称也。

通道。通意宇郡朝酌渡、一十一里二百廾歩之中、海八十歩。通秋鹿堺佐太橋、一十五里八十歩。通隠岐渡、千酌駅家湊、一十一里一百八十歩。

郡司主帳無位出雲臣

大領外正六位下社部臣

少領外従八位上社部石臣

主政従八位下勲十二等蝮朝臣

秋鹿郡

合郷肆、里十二。神戸壱。

恵曇郷。本字恵伴。

多太郷。今依前用。

大野郷。今依前用。

貝—且

華—葦

湊—湊

部—接。八—一。臣—若

八—一

伊農郷。　本字伊努。以上、郷別里参。

神戸里。

所以号秋鹿者、郡家正北、秋鹿日女命坐。故、云秋鹿矣。

恵曇郷。郡家東北九里卌歩。須作能乎命御子、磐坂日子命、国巡行坐時、至坐此処而詔詔、此処者国権美好有。国形如画鞆哉。吾之宮者是処造事者。故、云恵伴。神亀三年、改字恵曇。

多太郷。郡家西北五里一百廾歩。須佐能乎命之御子、衝杵等乎与留比古命、国巡行坐時、至坐此処詔、吾御心、照明正真成。吾者此処静将坐、詔而静坐。故、云多太。

大野郷。郡家正西一十里廿歩。和加布都努志能命、御狩為坐時、即郷西山持人立給而、追猪犀、北方上之。至阿内谷而、其猪之跡亡失。爾時詔、自然哉。猪之跡亡失詔。故、云内野。然、命人猶誤大野号耳。

伊農郷。郡家正西一十四里二百歩。出雲郡伊農郷坐、赤衾伊農意保須美比古佐和気能命之后、

別—捌

与—而

真—冥

亡1—壬。亡2—六

雲郡—野郷

衾—含

天瓱津日女命、国巡行坐時、至坐此処而詔、伊農波夜詔。故、云足怒伊努。神亀三年、改字伊農。神戸里。出雲之。説名、如意宇郡。

佐太御子社　比多社　御井社　垂水社　恵杼毛社
許曽志社　大野津社　宇多貴社　大井社　宇智社
以上一十所、並在神祇官。恵曇海辺社　同海辺社　奴多之社　那牟社
多大社　同多大社　出島社　阿之牟社　田仲社
彌多仁社　細見社　下社　伊努社　毛之社
草野社　秋鹿社　以上十五所、并不在神祇官。

神名火山。郡家東北九里卌歩。高卌丈、周四里。所謂佐太大神社、即彼山下之。足日山。郡家正北一里。高一百七十丈、周一十里二百歩。安心高野。郡家正西一十里廾歩。高一百八十丈、周六里。土体豊渡。百姓之高之腴囲矣。無樹林。但、上頭在樹林。此則神社也。都勢野。郡家正西一十里廾歩。高一百一十丈、周五里。無樹林。嶺中在湒。周五十歩。四涯、藤・萩・箏・茅土物、叢生。或叢峙、或伏水。鴛鴦住也。今山。郡家正西一十里廾歩。周七里。諸山野所在草木、白朮・独活・女青・苦参・貝母・牡丹・連翹・伏令・藍漆・女委・細辛・蜀椒・署預・白歛・芎

杼—梯

上—下

署—暑。白—日

箐・百部根・薇蕨・薺頭蒿、藤・李・赤桐・白桐・椎・椿・楠・松・栢・槻。禽獣、則有雕・晨々風・山鶏・鳩・雉、猪・鹿・兎・飛𤢖・狐・獼猴。佐太河。源二。〔東水源、島根郡所謂多久川是。西水源出秋鹿郡渡村。〕二水合、南流入佐太水海。即、水海周七里。〔有鮒。〕水海通入海。潮長一百五十歩、広一十歩。山田川。原出郡家西北七里湯火山、南流入々海。多太川。源出郡家正西一十里安心高野、南流入々海。大野川。源出郡家正西一十三里磐門山、南流入々海。草野川。源出郡家正西一十四里大継山、南流入々海。伊農川。源出郡家正西一十六里伊農山、南流入々海。〔以上七川、並無魚。〕改恵曇字。参陂周六里。在鴛鴦・鳧・鴨・鮒。四辺生葦・蔣・菅。自養老元年以往、荷藻、自然叢生、太多。二年以降、自然亡失、都無茎。俗人云、其底陶器・瓺・甄等類、多有也。自古時々人溺死。不知深浅矣。深田池。周池二百卅歩。〔有鴛鴦・鳧・鴨。〕杜石池。周一里二百歩。蜂峙池。周一里。佐久羅池。周一里一百歩。〔有鴛鴦。〕南入海。春則、在鯔魚・須受枳・鎮仁・鰝鰕等大小雑魚。

佐1―位。源1―佐

並ノ下―「々」アリ。衍字

亡―主

秋則、有白鵠・鵠鴈・鳧・鴨等鵜。北大海。恵曇浜。度二里一百八十歩。東南並在家。西野、北大海。即、自浦至于在家之間、四方並無石・木。猶白沙之積。大風吹時、其沙、或随風雪零、或居流蟻散、掩覆桑・麻。即、有彫鑿磐壁二所。（一所、厚三丈、広一丈、高八尺。一所、厚二丈二尺、広一丈、高一丈。）其中通川。北流入大海。（川東、島根郡也。郡内根部也。）自川口、至南方田辺之間、長一百八十歩、広一丈五尺。源者田水也。上文所謂佐太川西源、是同処矣。凡渡村田水也。南北別耳。古老伝云、島根郡大領社部臣訓麻呂之祖波蘇等、依稲田之澇、所彫堀也。起浦之西礒、尽楯縫郡之堺自毛崎之間、浜壁等崩嵬、雖風々静、往来船、無由停泊頭矣。白島。（生紫苔菜。）御島。高六丈、周八十歩。（有松三株。）都於島。（礒。）著穂島。（生海藻。）凡北海所在雑物、鮐・沙魚・佐波・烏賊・鮑魚・螺・貽貝・蚌・甲贏・螺子・石華・蠣子・海藻松・紫菜・凝海菜。

通道。通島根郡堺佐太橋、八里二百歩。通楯縫郡堺伊農橋、一十五里　歩。

郡司主帳外従八位下勲十二等日下部臣

厚 1 2 ―原

鮑―鰮

甲―田。華―葦。蠣―賺

大領外正八位下勲十二等刑部臣
権任少領従八位下蝮部臣

楯縫郡

合郷肆、里一十二。余戸壱、神戸壱。

佐香郷。今依前用。

楯縫郷。今依前用。

玖潭郷。本字忽美。

沼田郷。本字努多。以上肆郷別里参。

神戸里。

所以号楯縫者、神魂命詔、五十足天日栖宮之縦横御量、千尋栲紲持而、百八十結々下而、此天御量持而、所造天下大神之宮造奉詔而、御子、天御鳥命楯部為而、天下給之。爾時、退下来坐而、大神宮御装楯造始給所、是也。仍、至今、楯・桙造而、奉出皇神等。故、云楯縫。

佐香郷。郡家正東四里一百六十歩。佐香河内、百八十神等集坐、御厨立給而、令醸酒給之。即、百八十日喜燕解散坐。故、云佐香。

縦—雖。量—菫
宮—官。詔—請
至—主
四—西

楯縫郷。即属郡家。説名、如郡。即、北海浜業梨礒在窟。裏方一丈半。戸高広各七尺。裏南壁在穴。口周六尺、径二尺。人不得入。不知遠近。

玖潭郷。郡家正西五里二百歩。所造天下大神命、天御飯田之御倉将造給林覓巡行給。爾時、波夜佐雨、久多美乃山謚給之。故、云忽美。神亀三年、改字玖潭。

沼田郷。郡家正西八里六十歩。宇乃治比古命、以爾多水而、御乾飯爾多爾食坐詔而、爾多負給之。然則、可謂爾多郷。而、今人猶故云努多耳。神亀三年、改字沼田。

神戸里。出雲也。説名、如意宇郡。

新造院一所。在沼田郷中。建立厳堂也。郡家正西六里一百六十歩。大領出雲臣大田之所造也。

久多美社　多久社　佐加社　乃利斯社　御津社
水　社　宇美社　許豆社　同社　以上九所、並在神祇官。
許豆乃社　又許豆社　又許豆社　久多美社　同久多美社
高守社　又高守社　紫菜島社　鞆前社　宿努社
猗田社　山口社　葦原社　又葦原社　田田社
峴之社　阿年知社　葦原社　田田社　以上一十九所、不在神祇官。

沼—治

三—二。沼—治

神名樋山。郡家東北六里一百六十歩。高一百卄丈五尺、周卄一里一百八十歩。嵬西在石神。高一丈、周一丈。往側在小石神百余許。古老伝云、阿遅須枳高日子命之后、天御梶日女命、来坐多忠村、産給多伎都比古命。爾時、教詔、汝命之御祖之向位欲生、此処宜也。所謂石神者、即是、多伎都比古命之御託。当旱乞雨時、必令零也。阿豆麻夜山。郡家正北五里卌歩。見椋山。郡家西北七里。凡諸山所在草木、蜀椒・漆・麦門冬・伏令・細辛・白歛・杜仲・人参・升麻・署預・白朮、藤・李・榧・楡・椎・赤桐・白桐・海榴・楠・松・槻。禽獣、則有雕・晨風・鳩・山鶏、猪・鹿・兎・狐・獮猴・飛鼯。

佐香河。源出郡家東北所謂神名樋山、東南流入海。多久川。源出同神名樋山、西南流入々海。都宇川。源二。東川源出阿豆麻夜山。西水源出見椋山。二水合、南流入々海。宇加川。源出同見椋山、南流入々海。麻奈加比池。周一里一十歩。大東池。周一里。赤市池。周一里二百歩。沼田池。周一里五十

旱—畢
乞—己
署—暑
狐—猴
池—地
池—ナシ

歩。長田池。周一里一百歩。

南入海。雑物等者、如秋鹿郡説。

北大海。自毛埼。秋鹿与楯縫二郡堺。崔嵬。松・栢欝時、即有晨風之栖也。佐香浜。広五十歩。已自都浜。広九十二歩。御津島。生紫菜。御津浜。広卅八歩。能呂志島。生紫菜。能呂志浜。広八歩。鎌間浜。広一百歩。彌豆堆。長里二百歩、広一里。周嵯峨。上有松・菜・芋。許豆島。生紫菜。許豆浜。広一百歩。出雲与楯縫二郡之堺。

凡北海所在雑物、如秋鹿郡説。但紫菜者、楯縫郡尤優也。

通道。秋鹿郡堺伊農川、八里二百六十四歩。出雲郡堺宇加川、七里一百六十歩。

郡司主帳无位物部臣
大領外従七位下勲十二等出雲臣
少領外正六位下勲十二等高善史

出雲郡

合郷捌、里廿二。神戸壱。里。

健部郷。今依前用。

漆沼郷。本字志刀沼。

池—地
秋—ナシ

河内郷。今依前用。
出雲郷。今依前用。
杵築郷。本字寸付。
伊努郷。本字伊農。
美談郷。本字三太三。　以上漆郷別里参。
宇賀郷。今依前用。　里弐。
神戸郷。　里二。所以号出雲者、説名、如国也。
健部郷。郡家正東一十二里二百廾四歩。先所以号宇夜里者、宇夜都弁命、其山峰天降坐之。即、彼神之社主、今猶坐此処。故、云宇夜里。而後、改所以号健部之、纏向檜代宮御宇　天皇勅、不忘朕御子倭健命之御名、健部定給。爾時、神門臣古彌、健部定給。即、健部臣等、自古至今、猶居此巡処。故、云健部。
漆沼郷。郡家正東三百七十歩。神魂命御子、天津枳値可美高日子命御名、又、云薦枕志都沼値之。此神郷中坐。故、云志刀沼。神亀三年、改字漆沼。即有正倉。

談—漆

刀—刄

河内郷。郡家正南三百九十七歩。斐伊大河、野郷中北流。故、云河内。即有偃。長一百七十丈五尺。七十一丈之広七丈、九十伍丈之広四丈五尺。出雲郷。即属郡家。説名、如国。杵築郷。郡家西北卄八里六十歩。八束水臣津野命之国引給之後、所造天下大神之宮将奉而、諸皇神等、参集宮処、杵築。故、云寸付。神亀三年、改字杵築。伊努郷。郡家正北八里七十二歩。国引坐意美豆努命御子、赤衾伊努意保須美比古佐委気能命之社、即坐郷中。故、云伊努。神亀三年、改字伊努。美談郷。郡家正北九里二百四十歩。所造天下大神御子、和加布都努志命、天地初判之後、天御領田之長、供奉坐之。即、彼神坐郷中。故、云三太三。神亀三年、改字美談。即有正倉。宇賀郷。郡家正北一十七里二十五歩。造天下大神命、誂坐神魂命御子、綾門日女命。爾時、女神不肯逃隠之時、大神伺求給所、此則是郷。故、云宇賀。即、北海浜有礒。名脳礒。高一丈許。上坐松、藝至礒。

偃—優

十—千

肯—肖

則—財

里人之朝夕如往来。又、木枝人之如攀引。自礒西方窟戸。高広各六尺許。窟内在穴。人不得入、不知深浅也。夢至此礒窟之辺者、必死。故、俗人自古至今、号土黄泉之坂、黄泉之穴也。神戸郷。郡家西北二里一百廾歩。出雲也。説名、如意宇郡。

新造院一所。有内郷中。建立厳堂也。郡家正南三里一百歩。旧大領日置部臣布彌之所造。今大領佐宜麿之祖父。

杵築大社	御魂社	御向社	出雲社	
御魂社	伊努社	意保美社	曽岐乃夜社	岐—致
牟久社	富伎乃夜社	阿受伎社	美佐伎社	
伊奈佐乃社	彌太彌社	阿我多社	伊波社	
阿具社	都牟自社	久佐加社	故努婆社	
阿受枳社	宇加社	同阿受枳社	布世社	宇—守
神代社	加毛利社	来坂社	伊農社	毛—弖
同社	同社	鳥屎社	御井社	
企豆伎社	同社	同社	同社	
同社	同社	阿受枳社	同社	

563 同社　同社　同社　同社

564 同社　同社　同社　来坂社

565 伊努社　同社　同社　彌陀彌社

566 県社　斐提社　韓銍社　加佐伽社

567 伊自美社　波彌社　立虫社 已上五十八所、并在神祇官。

568 御前社　同御埼社　支豆支社　阿受支社　（同―自）

569 同阿受支社　同社　同阿受支社　同阿受支社　（阿[2]―ナシ）

570 同社　同社　同社　同社

571 同社　同社　同社　同社

572 同社　同社　同社　同社

573 同社　同社　同社　同社

574 同社　同社　同社　同社

575 同社　同社　同社　同伊努社　（伊―ナシ）

576 同伊努社　同社　県社　彌陀彌社

577 同彌陀彌社　同社　同社　同社

578 同社　同社　同社　同社

579 同社　同社　伊爾波社　都弁自社

580 同社　彌努波社　山辺社　同社

同社　間野社　布西社　波如社
佐支多社　支比佐社　神代社　同社
百枝槐社　已上六十四所、并不在神祇官。

神名火山。郡家東南三里一百五十歩。高一百七十五丈、周一十五里六十歩。曽支能夜社坐、伎比佐加美高日子命社、即在此山嶺。故、云神名火山。出雲御崎山。郡家正北七里三百六十歩。高三百六十丈、周九十六里一百六十五歩。西下所謂所造天下大神之社坐也。諸山野所在草木、卑解・百部根・女委・夜干・商陸・独活・葛根・薇、藤・李・蜀椒・楡・赤桐・白桐・椎・椿・松・栢。禽獣、則有晨風・鳩・山鶏・鵠・鶫、猪・鹿・狼・兎・狐・獼猴・飛鼠也。

出雲大川。源自伯耆与出雲二国堺鳥上山流、出仁多郡横田村。即経横田・三処・三沢・布勢等四郷、出大原郡堺引沼村。即経来次・斐伊・屋代・神原等四郷、出雲郡堺多義村、経河内・出雲二郷、北流、更折西流。即経伊努・杵築二郷、入神門水海。此則所謂斐伊河下也。河之両辺、或土地農渡、土穀・

桑麻、稔穎・枝、百姓之膏腴薗。或土体洒滓、草木叢生也。則有年魚・鮭・麻須・伊具比・魴・鱧等之類、潭湍双泳。自河口至河上横田村之間、五郡百姓、便河而居。出雲・神門・飯石・仁多・大原郡。起孟春至季春、挍材木船、沿泝河中也。意保美小河。源出雲御崎山、北流入大海。有年魚少々。土負池。周二百卌歩。須々比池。周二百五十歩。西門江。周三里一百五十八歩。東流入々海。有鮒。大方江。周二百卌四歩。東流入々海。有鮒。二江源者、並田水所集矣。東入海。三方並平原遼遠。多有鵜・鳩・鳧・鴨・鴛鴦等之族也。

東入海所在雑物、如秋鹿説也。

北大海。宮松埼。有楯縫与出雲郡堺。意保美浜。広二里一百廾歩。気多島。生紫菜・海松。有鮑・螺・蕀甲蠃。井呑浜。広卌二歩。辛大保浜。広卅五歩。大前島。高一丈、周二百五十五歩。生海藻。脳島。生紫菜・海藻。有松・栢。鷺浜。広二百歩。里島。生紫藻。手結浜。広廾歩。爾比埼。長一里卌歩、広廾歩。埼之南本、東西通戸船、猶往来。上則松叢

湍—端

材—村

等—芳

楯—ナシ

鮑・螺—鯢・堺

丈ノ下—「周一丈」アリ。衍字

松ノ下—「藻」アリ。衍字

往—姓

生也。宇礼保浦。広七十八歩。（船廿許可泊。）山崎。高卌九丈、周一里二百五十歩。（有椎・楠・椿・松。）子負島。礒。大椅浜。広一百五十歩。御前浜。広一百卅歩。（有百姓家。）御厳島。（生海藻。）御厨家島。高四丈、周卅歩。（有松。）等々島。（有蛤貝・石花。）径聞埼。長三十歩、広三十二歩。（有松。）意能保浜。広一十八歩。栗島。（生海藻。）門里島。（生海藻。）這田浜。広一百歩。二俣浜。広九十八歩。門石島。高五丈、周四十二歩。（有鷲之栖。）薗。長三里一百歩、広一里二百歩。松繁多矣。即、自神門水海、通大海潮、長三里、広一百二十歩。此則出雲与神門二郡堺也。　凡北海所在雑物、如楯縫郡説。但、鮑出雲郡尤優。所捕者、所謂御埼海子、是也。

通道。通意宇郡堺佐雑村、一十三里六十四歩。神門郡堺出雲大河辺、二里六十歩。通大原郡堺多義村、一十五里卅八歩。通楯縫郡堺宇加川、一十四里二百廿歩。

郡司主帳无位若倭部臣

大領外正八位下日置部臣

少領外従八位下大臣

蛤—始

日置—置（「日置」ノ合字）

主政外大初位下部臣

神門郡

合郷捌、里卄二。余戸壱、駅弐、神壱。

朝山郷。今依前用。里弐。

日置郷。今依前用。里参。

塩冶郷。本字止屋。里参。

八野郷。今依前用。里参。

高峰郷。今字高峰。里参。

古志郷。今依前用。里参。

滑狭郷。今依前用。里弐。

多伎郷。本字多吉。里参。

余戸里。

狭結駅。本字最邑。

多伎駅。本字多吉。

神戸里。

所以号神門者、神門臣伊加曽然之時、神門負之。故、云神門。即神門臣等、自古至常居此処。故、云神門。朝山郷。郡家東南五里五十六歩。神魂命

日置—置（「日置」ノ合字）

御子、真玉著玉之邑日女命坐之。爾時、所造天下大神大穴持命、娶給而毎朝通坐。故、云朝山。日置郷。郡家正東四里。志紀島宮御宇　天皇之御世、日置伴部等、所遣来、宿停而為政之所。故、云日置。　塩冶郷。郡家東北六里。阿遅須枳高日子命御子、塩冶毘古能命坐之。故、云止屋。神亀三年、改字塩冶。八野郷。郡家正北三里二百一十五歩。須佐能袁命御子、八野若日女命坐之。爾時、所造天下大神大穴持命、将娶給為而、令造屋給。故、云八野。高岸郷。郡家東北二里。所造天下大神御子、阿遅須枳高日子命、甚昼夜哭坐。仍、其処高屋造而坐之。即建高椅而登降養奉。故、云高岸。神亀三年、改字高峰。　古志郷。即属郡家。伊幣彌命之時、以日淵川築造池之。爾時、古志国等、到来而為堤。即宿居之所。故、云古志也。滑狭郷。郡家南西八里。須佐能袁命御子、和加須世理比売命坐之。爾時、所造天下大神命娶而通坐時、彼社之前有盤石。其上甚滑之。即詔、

日置—置（「日置」ノ合字）
日置—置（「日置」ノ合字）
日置—置（「日置」ノ合字）
十—千

滑盤石哉詔。故、云南佐。神亀三年、改字滑狭。多伎郷。郡家南西廾里。所造天下大神之御子、阿陀加夜努志多伎吉比売命坐之。故、云多吉。神亀三年、改字多伎。余戸里。郡家南西卅六里。説名、如意宇郡。狭結駅。郡家同処。古志国佐与布云人、来居之。故、云最邑。神亀三年、改字狭結也。其所以来居者、説如古志郷也。多伎駅。郡家西南一十九里。説名、改字、如郷也。新造院一所。朝山郷中。郡家正東二里六十歩。建立厳堂也。神門臣等之所造也。新造院一所。有古志郷中。郡家東南一里。刑部臣等之所造也。不立厳堂。

美久我社　阿須理社　比布知社　又比布知社　須—浜
多吉社　夜牟夜社　矢野社　波加佐社
奈売佐社　知乃社　浅山社　久奈為社
佐志牟社　多支枳社　阿利社　阿如社
国持社　那売佐社　阿利社　大山社
保乃加社　多吉社　夜牟夜社　同夜牟夜社

689 比奈社 已上卅五所、并在神祇官。 塩夜社 火守社
690 同塩冶社 久奈子社 同久奈子社 加夜社
691 小田社 波加佐社 同波加佐社 多支社
692 多支々社 波須波社 以上十二所、並不在神祇官
693 田俣山。郡家正南一十九里。有栬・枌。長柄山。郡家
694 東南一十九里。有栬・枌。吉栗山。郡家西南
695 廾八里。有栬・枌也。所謂所造天下大神宮材造山也。屋山。家東南五里五十六　材—狭。屋山—ナシ
696 歩。大神之御屋。稲積山。郡家東南五里七十六歩。　之御—也郷
697 大神之稲積。陰山。郡家東南五里八十六歩。大神之御陰。
698 稲山。郡家正東五里一百一十六歩。
699 東、在樹林。三方並礒也。大神御稲。桙山。郡家東南五里二百五十
700 六歩。南西並在樹林。東北並礒。大神御桙。冠山。郡家東南五里二百五十
701 六歩。大神之御冠。諸山野所在草木、白歛・桔梗・藍漆・竜　白歛—自般
702 膽・商陸・続断・独活・白芷・秦椒・百部・百合・巻　白—日
703 柏・石斛・升麻・当帰・石葦・麦門冬・杜仲・細　柏—伯
704 辛・伏令・葛根・薇蕨、藤・李・蜀椒・檜・杉・榧・
705 赤桐・白・椿・槻・柘・楡・蘗・楮。禽獣、則有雕・
706 鷹・晨風・鳩・山鶏・鶉、熊・狼・猪・鹿・兎・狐・獮

猴・飛鼯也。

神門川。源出飯石郡琴引山。北流、即経来島・波多・須佐三、出神門郡余戸里間土村。即神戸・朝山・古志等郷西流、入水海也。則有年魚・鮭・麻須・伊具比。多岐小川。源出郡家西南卅三里多岐山。流入大海。有年魚。宇加池。周三里六十歩。来食池。周一里一百卅歩。有菜。　笠柄池。周一里六十歩。有菜。

刺屋池。周一里。

水海。神門水海。郡家正西四里五十歩。周卅五里七十四歩。裏則、有鯔魚・鎮仁・須受枳・鮒・玄蠣也。即、水海与大海之間在山。長廿二里二百卅四歩、広三里。此者、意美豆努命之国引坐時之綱矣。今、俗人号云薗松山。地之形体、壌石並無也。白沙耳積上、即松林茂繁。四風吹時、沙飛流掩埋松林。今年埋半遺。恐遂被埋已与。起松山南端美久我林、尽石見与出雲二国堺中島埼之間、或平浜、或崚礒。凡北海

今―令

平浜―手須

所在雑物、如楯縫郡説。但無紫菜。

通道出雲郡堺出雲河辺、七里卅五歩。通飯石郡堺堀坂山、一十九里。通同郡堺与曽紀村、卅五里一百七十四歩。通石見国安農郡堺多伎々山、卅三里。路、常有剗。通同安農郡川相郷、卅六里。径常剗不有。但当有政時、権置耳。

前件伍郡、並大海之南也。

郡司主帳无位刑部臣

大領外従七位上勲十二等神門臣

擬少領外大初位下勲十二等刑部臣

主政外従八位下勲十二等吉備部臣

飯石郡

合郷漆。里一十九。

熊谷郷。今依前用。

三屋郷。今字。三刀矢。

飯石郷。本字伊鼻郷。

多禰郷。本字種。

須佐郷。今依前用。以上伍、郷別里参。

径—住

熊—能

禰—弥

別—引。里—皇

波多郷。今依前用。

来島郷。今字。支自真。

以上弐、郷別里弐。

所以号飯石者、飯石郷中伊毘志都弊命坐。故、云飯石之。

熊谷郷。郡家東北廾六里。古老伝云、久志伊奈大美等与麻奴良比売命、任身及将産時、求処生之。爾時、到来此処詔、甚久久麻々志枳谷在。故、云熊谷也。

三屋郷。郡家東北廾四里。所造天下大神之御門、即在此処。故、云三刀矢。神亀三年、改字三屋。即有正倉。

飯石郷。郡家正東一十二里。伊毘志都幣命、天降坐処。故、云伊鼻志。神亀三年、改字飯石。

多禰郷。属郡家。所造天下大神大穴持命与須久奈比古命、巡行天下時、稲種堕此処。故、云種。神亀三年、改字多禰。

須佐郷。郡家正西一十九里。神須佐能袁命詔、此国者雖小国、々処在。故、我御名者、非着木石、詔而、即己命之御魂鎮置給之。然即、大須佐田・小須佐田定給。故、云須佐。即有正倉。

波多郷。郡家西南一十九里。波多都美命、天降坐家在。故、云波多。

別—刑
命—今
在—右
坐—生
堕—随
禰—彌
袁—裳
坐—生

来島郷。郡家正南卌一里。伎自麻都美命坐。故、云支自真。神亀三年、改字来島。即有正倉。

須佐社　河辺社　御門屋社　多倍社　飯石社

以上五処、並在神祇官。狭長社　飯石社　田中社　多加毛利社

兎比社　日倉社　井草社　深野社　託和社

上　社　葦鹿社　栗谷社　穴見社

神代社　志志乃村社　以上十六所、不在神祇官。

焼村山。郡家正東一里。穴厚山。郡家正南一里。笑村山。郡家正西一里。広瀬山。郡家正北一里。琴引山。郡家正南卅五里二百歩。高三百丈、周十一里。古老伝云、此山峰有窟。裏所造天下大神之御琴。長七尺、広三尺、厚一尺五寸。又、在石神。高二丈、周四丈尺。故、云琴引山。有塩。石穴山。郡家正南五十八里。高五十丈。幡咋山。郡家正南五十二里。有知欲。野見・木見・石次三野、並郡家南西卌里。有紫草。佐比売山。郡家正西五十一里一百卌歩。石見与出雲二国堺。堀坂山。郡家正西卌一里。有杉・松。城恒野。家正南一十二里。有紫草。

坐—生

倍—位

北—卦

木—不。次—以

坂—仮

伊我山。郡家正北一十九里二百歩。奈倍山。郡家東北廿里二百歩。　凡諸山野所在草木、卑解・升麻・当皈・独活・大薊・黄精・前胡・署預・白朮・女委・細辛・白頭公・白茇・赤前・桔梗・葛根・秦皮・杜仲・石斛、藤・李・榲・赤桐・椎・楠・楊梅・槻・柘・楡・松・榧・蘗・楮。禽獣、則有鷹・隼・山鶏・鳩・雉、熊・狼・猪・鹿・兎・獼・飛鼯。

三屋川。源出郡家正東一十五里多加山、北流入斐伊河。有年魚。　須佐川。源於郡家正南六十八里琴引山、北流、経来島・波多・須佐等三郷、入神門郡門立村。此所謂神門河上也。有年魚。　磐鉏川。源於郡家西南七十里箭山、北流入須佐河。有年魚。　波多小川。源於郡家西南二十四里志許斐山、北流須佐河。有鉄。　飯石小川。源於郡家正東一十二里佐久礼山、北流入三屋川。有鉄。

通道。通大原郡堺斐伊河辺、卅九里一百八十歩。通仁多郡堺温泉河辺、廿二里。通神門郡堺与曽紀村、卅八里六十歩。通同郡堀坂

卑—早。署—暑
白2—百。茇—恐
李—季
波ノ下—「々」アリ。衍字
温ノ下—「堺」アリ。衍字
坂—故

山、卅一里。通備後国恵宗郡堺荒鹿坂、卅九里二百歩。径、常有剗。通道。通三次郡堺三坂、八十一里。径、常有剗。波多・須佐径・志都美径、以上三径、常无剗。但、当有政時、権置耳。並通備後国之。

郡司主帳无位日置首
大領外正八位下勲十二等大私造
少領外従八位上出雲臣

仁多郡

合郷肆。里十二。

三処郷。今依前用。

布勢郷。今依前用。

三津郷。今依前用。

横田郷。今依前用。

所以号仁多者、所造天下大神大穴持命詔、此国者、非太非小。川上者木穂刺加布。川下者阿志婆布這度之。是者爾多志枳小国在詔。故、云仁多。三処郷。即属郡家。大穴持命詔、此地

径—経（通用カ）
多ノ下—「々」アリ。衍字。須—経。径3—経（通用カ）。志都ノ下—「志都」アリ。衍字
権—推。置—買
刺—判

田好。故、吾御地古経。故、云三処。

布勢郷。郡家正西一十里。古老伝云、大神命之宿坐処。故、云布世。神亀三年、改字布勢。

三津郷。家西南廾五里。大神太穴持命御子、阿遅須伎高日子命、御須髪八握于生昼夜哭坐之、辞不通。爾時、御祖命、御子乗船而、卒巡八十島、宇良加志給鞆、猶不止哭之。大神、夢願給、告御子之哭由夢爾願坐、則夜

夢見坐之。御子辞通、則寤問給。爾時、御津申。爾時、何処然云問給。即、御祖御前立去出坐而、名川度、坂上至留、申是処也。爾時、其津水活出而、御身沐浴坐。故、国造神吉事奏参向朝廷時、其水活出而用初也。依此今、産婦、彼村稲不食。若有食者、所生不已云也。故、云三津。即有正倉。

横田郷。郡家東南廾一里。古老云、郷中有田。四段許。形聊長。遂依田而、故、云横田。即有正倉。以上諸郷所在鉄堅、尤堪造雑具。

御—桝
伎—侍。須2—郷
大—十八。告—吉
活—治
不—千
聊—耶
具—旦

三沢社　伊我多気神以上二所、並在神祇官。　玉作社　須我乃非社　湯野社　比太社　漆仁社　大原社　印支斯里社　石壺社以上八所、並不在神祇官。

鳥上山。郡家東南卅五里。伯耆与出雲之堺。有塩味葛。　室原山。郡家東南卅六里。備後与出雲二国之堺。有塩味葛。　灰火山。郡家東南卅里。

遊託山。郡家正南卌七里。有塩味葛。　御坂山。郡家西南五十三里。即、此山有神御門。故、云御坂。備後与出雲之堺。塩味葛。

志努坂野。家西南卅一里。有紫草少々。　玉峰山。郡家東南一十里。古老伝云、山嶺在玉上神。故、云玉峰。

城紲野。郡家正南一十里。有紫草少々。　大内野。郡家正南廿二里。有紫草少々。　菅火野。郡家正西四里。高一百廿五丈、周一十里。峰有神社。　恋山。郡家正南廿三里。古老伝云、和爾恋阿伊村坐神、玉日女命而上到。爾時、玉日女命、以石塞川、不得会所恋。故、云恋山。

凡諸山野所在草木、白頭公・藍漆・高本・玄参・百合・王不留行・薺苨・百部根・瞿麦・升麻・抜葜・黄精・地楡・附子・狼牙・離留・石斛・貫衆・続断・女委、藤・李・檜・榲・樫・松・栢・栗・柘・槻・蘗・楮。

社2—神。印—仰
社—ナシ
遊—ナシ
草—菜

禽獣、則有鷹・晨風・鳩・山鶏・鳩、熊・狼・猪・鹿・狐・兎・獼猴・飛猵。

室原川。源出郡家東南卅五里烏上山、北流。所謂斐伊河上。有年魚少々。横田川。源出郡家東南卅六里室原山、北流。此則所謂斐伊大河上。有年魚・麻須・魴・鱧等類。灰火小川。源出灰火山、入斐伊河上。有年魚。阿伊川。源出郡家正南卅七里遊託山、北流入斐河上。有年魚・麻須。阿位川。源出郡家西南五十里御坂山、入斐伊河上。有年魚・麻須。比大川。源出郡家東南一十里玉岑山、北流。意宇郡野城河上、是也。有年魚。湯野小川。源出玉岑山、西流入斐伊河上。

通道。通飯石郡堺漆仁川辺、廾八里。即、川辺有薬湯。浴々則身休穆平、再濯則万病消除。男女老少、昼夜不息、駱駅往来。无不得験。故、俗人号云薬湯也。即有正倉。通大原郡堺辛谷村、一十六里二百卅六歩。通伯耆国日野郡堺阿志毘縁山、卅五里一百五十歩。常有剗。通備後国恵宗郡堺遊託山、卅七里。常有剗。通同恵宗郡堺比市山、五十

小ノ下—「々」アリ。衍字

大川—川大。源—海

昼—尽

三里。常无剗。但当有政時、権置耳。

郡司主帳外大初位下品治部

大領外従八位下蝮部臣

少領外従八位下出雲臣

大原郡

合郷捌。里廾四。

神原郷。今依前用。

屋代郷。本字矢代。

屋裏郷。本字矢内。

佐世郷。今依前用。

阿用郷。本字阿欲。

海潮郷。本字得塩。

来次郷。今依前用。

斐伊郷。本字樋。以上別、郷別里参。

所以号大原者、郡家正西一十里一百一十六歩、田一十町許。平原、号曰大原。往古之時、此処有郡家。今猶追旧号大原。今有郡家処、号云斐伊村。

神原郷。郡家正北九里。古老伝云、所造天下大神之御財

当—常。耳—多

家—ナシ

積置給処、則可謂神財郷。而今人猶誤。故、云神原号耳。屋代郷。郡家正北一十里一百一十六歩。所造天下大神之契立射処。故、云矢代。神亀三年、改字屋代。即有正倉。　屋裏郷。郡家東北一十里一百十六歩。古老伝云、所造天下大神、令殖笑給処。故、云矢内。神亀三年、改字屋裏。佐世郷。郡家正東九里二百歩。古老伝云、須佐能袁命、佐世乃木葉頭刺而、踊躍為時、所刺佐世木葉墮地。故、佐世。　阿用郷。郡家東南一十三里八十歩。古老伝云、昔或人、此処山田烟而守之。爾時、目一鬼来而、食佃人之男。爾時、男之父母、竹原中隠而居之時、竹葉動之。爾時、所食男、云動々。故、云阿欲。神亀三年、改字阿用。海潮郷。郡家正東一十六里卅三歩。古老伝云、宇能治比古命、恨御祖須義彌命而、北方出雲海潮押上、漂御祖之神、此海潮至。故、云得塩。神亀三年、改字海潮。即、東北、須我小川之湯淵村川中温泉。不用号。同川上毛間林川中温泉出。不用。来次郷。郡

置—買

家正南八里。所造天下大神命詔、八十神者、不置青垣山裏詔而、追廃時、此義迫次生。故、云来次。

斐伊郷。属郡家。通速日子命、坐此処。故、云樋。神亀三年、改字斐伊。

新造院一所。在斐伊郷中。郡家正南一里。建立厳堂也。有僧五軀。大領勝部君虫麿之所造也。

新造院一所。有屋裏郷中。郡家正北一十一里一百廾歩。建立層塔也。有僧一軀。前少領田部臣押島之所造。今少領伊去美之従父兄也。新造院一所。在斐伊郷中。郡家東北一里。建立厳堂。有尼二軀。斐伊郷人、樋印支知麿之所造也。

矢口社　宇乃遅社　支須支社　布須社　御代社
汙乃遅社　神原社　樋社　樋社　佐世社
世裡陀社　得塩社　加多社　以上一十三所、并在神祇官。　赤秦社
等々呂吉社　矢代社　比和社　日原社　幡屋社
春殖社　船林社　宮津日社　阿用社　置谷社
伊佐山社　須我社　川原社　除川社　屋代社
以上一十七所、並不在神祇官。

垣―塩。迫―沼
一1―ナシ
一1―ナシ
一―ナシ
印―仰
神ノ下―「亀」アリ。衍字

923 兎原野。郡家正東。即属郡家。城名樋山。
924 郡家正北一里百歩。所造天下大神大穴持命、
925 為伐八十神造城。故、云城名樋也。高麻山。郡家
926 正北一十里二百歩。高一百丈、周五里。北方有樫・
927 椿等類。東南西三方並野。古老伝云、神須佐能
928 袁命御子、青幡佐草日古命、是山上麻蒔給。故、云
929 高麻山。即此山岑生、其御魂也。須我山。郡家東
930 北一十九里一百八十歩。有檜・杉。船岡山。郡家東北
931 一里一百歩。阿波枳閇委奈佐比古命曳来居
932 船、則此山是矣。故、云船岡也。御室山。郡家東
933 北一十九里一百八十歩。神須佐乃乎命、御室令
934 造給、所宿。故、云御室。凡諸山野所在草木、苦参・
935 桔梗・菩茄・白芷・前胡・独活・卑解・葛根・細辛・
936 茵芋・白前・決目・白歛・女委・署預・麦門冬、藤・李・
937 檜・杉・柏・樫・櫟・椿・楮・楊梅・々・槻・蘗。禽獣、則有
938 鷹・晨風・鳩・山鶏・雉、熊・狼・猪・鹿・兎・獼猴・飛猵。
939 斐伊川。郡家正西五十七歩。西流入出雲郡多
940 義村。有年魚・麻須。海潮川。源出意宇与大原二郡堺

伐—代。云—三

日古—貼（「日子」ノ合字）

菩—菩

目—月。署—暑

矣村山北流。有年魚少々。須我小川。源出須我山西流。有年魚少々。佐世小川。出阿用山之北流。无魚。幡屋小川。源出郡家東北幡箭山南流。无魚。水四、水合正流、入出雲大川。屋代小川。出郡家正東正除田野西流、入斐伊大河。无魚。

通道。通意宇郡堺木垣坂、卅三里八十五歩。通仁多郡堺辛谷村、卅三里一百八十二歩。通飯石郡堺斐伊河辺、五十歩。通出雲郡堺多義村、一十一里二百廾歩。前件参郡、並山野之中也。

郡司主帳无位勝部臣

大領正六位上勲十二等勝臣

少領外従八位上額部臣

主政无位日置臣

自国東堺去西廾里二百八十歩、至野城橋。長卅丈七尺、広二丈六尺。飯梨河。又、西廾一里、至国庁、意宇郡家北十字街、即分為二道。一正西道、一抂北道。抂北道、去北四里二百六十六歩、至郡北堺朝酌渡。渡八十歩、渡船一。又、北一十里一百卌歩、至島根郡家。自郡家去北

流[1]—海
流—海
水[2]—氷
日置—置（「日置」ノ合字）
字街—家衝。道[1]—辺
四—日。渡[2][3]—後

一十七里一百八十歩、至隠岐渡千酌駅家浜。度船。又、自郡家西一十五里八十歩、至郡西堺佐太橋。長三丈、広一丈。佐太川。又、西八里三百歩、至来秋鹿。又、自郡家西一十五里一百歩、至郡西堺。又、西八里二百六十四歩、至楯縫郡家。又、自郡家西七里一百六十歩、至郡西堺。又、西一十里二百卅歩、出雲郡家東辺。即、入正西道也。惣抂北道程、九十九里一百一十歩之中、隠岐道一十七里一百八十歩。正西道自十字街西一十二里、至野代橋。長六丈、広一丈五尺。又、西七里、至玉作街、即分為二道。一正西道、一抂南道。十四里二百一十歩、至郡南西堺。又、南廿三里八十五歩、至大原郡家、即分為二道。一南西道、一東南道。南西道五十七歩、至斐伊河。度廿五歩、度船一。又、南西廿九里一百八十歩、至飯石郡家。又、自郡家南八十里、至国南西堺。通備後国三次郡。惣去国程、一百六十六里二百五十七歩也。東南道、自郡家去廿三里一百八十二歩、至郡東南堺。又、東南一十六里二百卅六

一十―千千

川ノ下―「又自郡家西一十五里八十歩至郡西堺佐太橋長三丈広一丈佐太川」アリ。衍字

街―御

抂―在

道1―辺

歩、至仁多郡比々理村、分為二道。一道、東八里一百廿一歩、至仁多郡家。一道、南卅八里一百廾一歩。正西道自玉作街西九里、至来待橋。長八丈、広一丈三尺。又、西廿三里卅四歩、至郡西堺出雲河。度五十歩、船一。又、自郡家西二里六十歩、至郡西堺出雲河。度五十歩、度船一。又、西七里廾五歩、至神門郡家。即有河。度廾五歩、度船一。自郡家西卅三里、至国西堺。通石見国安農郡。惣去国程、一百六里二百歩卅四歩。自東堺去西廾里一百八十歩、至野城駅。又、西廾一里、至黒田駅、即分為二通。一正西道、一度隠岐国道。隠岐道去北卅四里一百卅歩、至隠岐渡千酌駅。又、正西道卅八里、至宍道駅。又、西廾六里二百廾九歩、至狭結駅。又、西一十九里、至多岐駅。又、西一十四里、至国西堺。

団。意宇軍団。即属郡家。熊谷軍団、飯石郡家東北廾九里一百八十歩。神門軍団。郡家正東七里。馬見烽。出雲郡家西北卅二里二百卅歩。土椋烽。神門郡家烽戍、東南四里。多夫志

来（倉傍）—未

去—者

団123—囲。意—阜

団—囲

烽。出雲家北一十三里卌歩。布自美烽。島根郡家正南七里二百一十歩。暑垣烽。意宇郡家正東廿里八十歩。宅伎戍。神門郡家西南卅一里。瀬埼戍。島根郡家東北一十九里一百八十歩。

天平五年二月卅日勘造。秋鹿郡人、神宅臣
金太理

国造帯意宇郡大領外正六位上勲十二等出雲臣
広島

【細川家本書写奥書】

以江戸内府御本令書写
遂一校畢
慶長二年冬十月望前三日
丹山隠士（花押）

歩—里
神—ナシ

補注

1　出雲国風土記……「風土記」の初見は三善清行「意見封事十二ヶ条」であり、この六字は平安時代以降に書名として記したものであろう。

11　芳雲……瑞雲の意。祥瑞としての慶雲・景雲に通じるものであろう。「芳」のヨは形容詞ヨシの語幹。従来「出雲」と校訂されてきたが、「芳雲」のままでも意味は通じる。古代語では、このヨクモとヤクモのような、オ段乙類音がア段音と母音交代する場合がしばしば認められる。

30　壱拾壱……諸本による。18行には「意宇郡郷壱拾里卅」、41行にも「以上壱拾、郷別里参」とある。ただし、郷の実数は一一。41行によれば総記と41行の「壱拾」に矛盾はなく、あるいはかつて一〇あった郷が里数は三〇のままで、のちに一一に再編されたものか。

30　卅……諸本による。諸注釈とも「卅三」に校訂するが、18行にも「里卅」とあり、そこに一貫性が認められる(前項「壱拾壱」参照)。

30　参……底本のまま。意宇郡の「駅家」は、43行「野城駅家」、44行「宍道駅家」があげられているだけで、「参」にあわない。高山寺本『和名類聚鈔』「山陰駅」には「野城」「穴道《(ママ)》」の間に「黒田」駅がみえ、『延喜式』兵部省式にも「野城」「完道」の間に「黒田」駅をあげるが、しばらく底本に従う。

40　今……諸本同じ。本風土記における郷名用字注は、大半が「今依前用」または「本字〇〇」であるが、飯石郡に「三屋郷　今字三刀矢」「来嶋郷　今字支自真」の例もみえる。従って、「(拝志郷は)今の字なり。(もとは)林」の意と考えておく。

58・64・69　童意女……「童意女」は「童児女」の誤写の可能性がある。

76　塾……「塾」は土をつき固めて高くした場所の意。

79 命……支配下の神々に領有・統治を委ねる意。

91 遥……「逍」に通じて用いたものか。

91 切……「切」は「窃」の省文か。

113 丁壮……「壮丁」に同じ。

126 也郡亦如也……底・倉「也郡山如也」とあるが、136行の「他郡等神戸且如之」を参考にして「也(他の省文)郡亦如也」と校訂した。

131 郡……ここでは郡家の意。

132 卅……巻末の里程記事「正西道卅八里、至宍道駅」(988行)とあるが、ここは郡家からの距離であるから底本・諸本のままとする。

141 望……他動詞のミツの表記。

147 腹……底本「胶」の如く作る。「腹」の異体字と認む。

172 八十歩……巻末烽条には「暑垣烽。意宇郡家正東廾里八十歩」(996~997行)とある。

175・176 柦……底本「柦」は「檀」の省文。

180 署預……底本「預」は「蕷」の省文。以下、259・400・482・781・936行も同じ。

201 葛……「薺頭蒿」の「蒿」字の可能性もある。

203 堀……「堀」は「崛」に通用させた字。

209 郡司……この郡司記載は、風土記編纂を担当する者として位署を列記したもの。

234 丁寧……タシニは十分に、確かにの意。

241 国形宜……クニカタヨシのカタヨシの類音でカタユヒを導く。

242 郡家ノ下……底本は「西北一十六里二百九歩。神魂命御子八」と続くが、これは生馬郷の地名起源記事であり、加賀郷の記事を欠く。倉は「加賀」を見消チにして、右傍に別筆で「生馬」に訂し、「故云生馬」の下に別筆で本書の校訂本文に( )で示した五六字を補入する。また、林・解・訂は「家」の下に続けて、それぞれ次のように記す。

林「北西二十四里一百六十歩。佐加地売命、闇岩屋哉詔、金弓以射給時、光加々明也。故云加々。生馬郷。郡家」

解「北西二十四里一百六十歩。佐太大神所坐也。御祖神魂命御子、支佐加比比売命、闇岩屋哉詔、金弓以射時、光加々明也。故云加々。生馬郷。郡家」
訂「北西二十四里一百六十歩。佐太大神所坐也。御祖神魂命御子、支佐加比比売命、闇岩屋哉詔、金弓以射時、光加加明
也。故云加加。生馬郷。郡家」
また、抄・万は生馬郷→加賀郷の順に記し、万は「生」の右傍に「三」、「加」の右傍に「二」の数字を記す。
抄「生馬郷。郡家西北一十六里二百九歩。神魂命御子八尋鉾長依日子命詔、吾御子、平明不憤。故云生馬。加賀郷。郡家北
西二十四里一百六十歩。佐太大神所坐也。御祖神魂命御子、支佐加地売命、闇岩屋哉詔、金弓以射給時、光加加明也。故
云加加。」
万「生《三》馬郷。郡家西北一十六里二百九歩。神魂命御子八尋鉾長依日子命詔、吾御子、平明不憤詔。故云生馬。加《二》賀郷。郡家
北西二十四里一百六十歩。佐太大神所坐也。御祖神魂命御子、支佐加地売命、闇岩屋哉詔、金弓以射給時、光加加明也。故云加加。」

251 朝酌上社……倉の付箋による。

253 丈……この上に脱あるか。

256 八歩……263〜264行の長見川条の里程には「郡家東北九里一百八十歩大倉山」とある。

256 糸江山……底本「江山」とするが、266行により意補。

259 署預……底本「暑」は「署」の誤写とみる。また、底本「預」は180行と同じく「蕷」の省文。以下、400・481〜482・781・936行も同じ。

276 日魚……「魚」、底倉「鹿」とあるが、このままでは意味が通じない。277行に「日魚」とあることから解・訂に従って「魚」と見る。「日魚」は「氷魚」に似たものか。

300 模……島根郡の樹木名の記事から見ると、「椿」「栢」などの誤写か。

331 周八十六里……「里」とすると、前後の島に比して大きな数値となる。あるいは「歩」の誤記か。

337 枳佐加地売……底本諸本とも「枳佐売」とあるが、339行に「支佐加地売」と見えることにより意補。

358 部……底本諸本とも「接」で、「倍」に近い字体ではあるが、「倍」は「へ」乙類であるから、ここでは「部」の誤写とみる。

358 臣……底本諸本とも「若」で、「石若」でイシワカなどの名を表わしたものとも考えられるが、各郡の末尾に記した郡司以下の人名に名を記したものがないことから、末尾の「若」は「臣」の誤写と見ておく。

371 権……つら。（山が）列なる様子の意。
380 命人……和加布都努志能命の従者・領民のこと。
381 出雲郡……底本「出野郷」とするが、534～536行により意改した。
382 赤衾……底本「赤含」とするが、535行「赤衾」により意改した。
384 怒……「はやる」のハヤは、天瓱津日女命の言葉の「伊農波夜」の「波夜」に掛かるか。
393・407 安心高野……「安心」は388行「阿之牟社」により地名にアシムの字音表記と見る。
400 署預……259行「署預」参照。
412 「改恵曇字」の上……「恵曇池」の欠あるか。
435 一十五里歩……「里」の下、諸本欠字あり。
454 喜燕……「燕喜」と同じく酒盛りの意。
481～482 署預……259行「署預」参照。
496 里[1]……上に欠字あるか。
536 伊[1]努[1]……512行によれば、もと「伊農」とあった可能性もある。
554 曽岐乃夜社……585行「曽支能夜社」により底本「致」を「岐」に校訂したが、「伎」である可能性もある。
581 波如社……「如」は「ね」と見る。686行参照。
583 槐……すぎ、からたち。『和名類聚鈔』に「恵邇須」。霊木であろう。
599 穎……穂のこと。
647・677 最邑……「最」はサイ、「邑」はオフの音を表わし、「最」の韻尾と「邑」の母音が連結して、「最邑」でサヨフを表記したもの。
678 如郷……底本「女即」は「如郷」の省文。
683 阿須理社……底本「濱」は「須」の誤写とみる。
686 阿如社……「如」は「ね」と見る。581行参照。
695 屋山……底本にないが、696行「大神之御屋」により意補。

706 熊……底本「能」は「熊」の省文。

775 知欲……草木の名か。

781 署預……259行「署預」参照。

833 三沢……「三」は、底本「弎」に「一」を加えた造字。また「沢」は底本「澤」だが、「津」にも似る。

834 印支斯里社……914～915行に「樋印支知麿」の人名あり。関係あるか。底本「仰支」は「印支」（イナキ）の誤写と見る。

838 遊託山……857行に「阿伊川。源出郡家正南卅七里遊託山、北流入斐河上。」とあり、また、仁多郡では山の名の記載順が、それが源となる川の名の記載順と一致していることから、「遊」を意補した。

907 通……底本「通」は「樋」の省文。

915 印支知麿……底本「仰支」は「印支」の誤写とみる。「印支」（イナキ）は「稲置」のこと。834行「印支斯里社」参照。

936 署預……259行「署預」参照。

991 熊……706行「熊」参照。

あとがき

本書は、天平五年（七三三）に成立したいわゆる『出雲国風土記』に関する沖森・佐藤・矢嶋の三人による共同研究の成果である。出雲国風土記については、多くの注釈・研究が積まれており、後世的知見による校訂も含めて、これまでに多様な本文が提供されている。本研究では、もっとも信頼すべき細川家本（財団法人永青文庫蔵・熊本大学附属図書館寄託）の本文を尊重し、恣意的な改変をできるだけ避けながら本文を校訂した。また、その本文にもとづいて奈良時代語による読みを復原しつつ訓読文を示した。

本文の校訂や訓読の作業にあたっては、日本語学・日本史学・日本文学をそれぞれ専攻分野とする三人によって、複眼的かつ学際的な協業を進めた。その過程では、これまでとは異なる読解の方向で解釈が深まった箇所もあったと自負している。

本書が、これまでとは異なる新しいコンセプトによる本文・訓読文提供の試みとして、これからの風土記研究の進展に寄与するものとなることを希望したい。

最後に、本書の出版を引き受けて編集にご尽力いただいた山川出版社に御礼申し上げる。

二〇〇五年三月二日

沖森　卓也
佐藤　信
矢嶋　泉

●執筆者紹介

沖森　卓也　おきもり　たくや
1952年生まれ
東京大学大学院人文科学研究科国語国文学専門課程修士課程修了
現在，立教大学文学部教授，博士(文学)
主要著書　『日本古代の表記と文体』(吉川弘文館，2000年)，『日本語の誕生　古代の文字と表記』(吉川弘文館，2003年)，『文字と古代日本５文字表現の獲得』(編著，吉川弘文館，2006年)

佐藤　信　さとう　まこと
1952年生まれ
東京大学大学院人文科学研究科国史学専門課程博士課程中退
現在，東京大学大学院人文社会系研究科教授，博士(文学)
主要著書 『日本古代の宮都と木簡』(吉川弘文館，1997年)，『出土史料の古代史』(東京大学出版会，2002年)，『日本史リブレット８古代の地方官衙と社会』(山川出版社，2007年)

矢嶋　泉　やじま　いづみ
1950年生まれ
東京大学大学院人文科学研究科国語国文学専門課程博士課程中退
現在，青山学院大学文学部教授
主要著書　『歌経標式　注釈と研究』(共著，桜楓社，1993年)，『藤氏家伝　注釈と研究』(共著，吉川弘文館，1999年)，『古事記の歴史意識』(吉川弘文館，2008年)

出雲国風土記《いずものくにふどき》

2005年 4 月 5 日　第 1 版第 1 刷発行　　2016年 4 月10日　第 1 版第 6 刷発行

編著者　沖森卓也《おきもりたくや》・佐藤 信《さとうまこと》・矢嶋 泉《やじまいづみ》
発行者　野澤伸平
発行所　株式会社　山川出版社
〒101-0047　東京都千代田区内神田 1-13-13
電話　03(3293)8131(営業)　03(3293)8135(編集)
http://www.yamakawa.co.jp/
振替　00120-9-43993
印刷所　株式会社シナノパブリッシングプレス
製本所　株式会社ブロケード
装　幀　菊地信義

ISBN 978-4-634-59390-9